KB114811

天魔神教
洛陽本部

천마신교
낙양본부

천마신교 낙양본부 18

정보석 新무협 판타지

초판 1쇄 찍은 날 § 2021년 11월 24일
초판 1쇄 펴낸 날 § 2021년 12월 1일

지은이 § 정보석
펴낸이 § 서경석

편집책임 § 이준영
디자인 § 노종아

펴낸곳 § 도서출판 청어람
등록번호 § 제387-1999-000006호
등록일자 § 1999. 5. 31
어람번호 § 제2-2895호

주소 § 경기도 부천시 부일로 483번길 40 서경B/D 3F (우) 14640
전화 § 032-656-4452 팩스 § 032-656-4453
http://www.chungeoram.com
E-mail § chungeorambook@daum.net

ISBN 979-11-04-92401-9 04810
ISBN 979-11-04-92204-6 (세트)

天魔神教
洛陽本部

정보석 新무협 장편소설

FANTASTIC ORIENTAL HEROES

천마신교
낙양본부

18

天魔神教
洛陽本部
천마신교
낙양본부

次例

第八十六章

평균보다는 작은 키에 주근깨가 가득한 얼굴은 마치 십 대 소년처럼 보였지만, 그 눈빛만큼은 죽음을 앞둔 노인의 그것보다도 더욱 깊었다. 그의 허리에 매달린 두 태극지혈은 뒤로 길게 뻗어진 채 교차했는데, 마치 기다란 두 꼬리를 보는 듯했다.

붉은 기가 감도는 그의 검은 머리카락처럼, 그의 무복 또한 검은색 바탕에 붉은 실로 옷깃과 문양이 수놓아져 있었다. 특히 그의 발목까지 덮은 외투에는 등 전체를 감싼 매화 한 송이가 그려져 있었는데, 마치 핏물로 그려 낸 것처럼 이곳저곳이 아래로 흘러내리고 있었다.

앞머리부터 전부 뒤로 쫙 보내 시원한 이마가 드러났고, 그 아래 마찬가지로 붉은 기를 머금은 짙은 눈썹이 있었다. 불그스름한 볼과 자연스러운 웃음은 그 표정에 품은 장난기를 한층 더 돋보이게 만들어 줬다.

나지오는 무림맹의 무사들에게 말했다.

"흑백연합의 사령으로 명령하는데, 다들 검 집어넣어라, 응?"

어차피 그가 등장하는 순간 다들 검을 내린 상태다.

그들은 나지오를 보며 강한 안도감을 느꼈다.

"사, 살았어."

"다, 다행이다."

몇몇은 그 기분을 자기도 모르게 입 밖으로 꺼냈다.

호순을 시작으로 모두들 하나둘씩 검을 검집에 넣었다.

나지오는 이제 천마신교의 마인들을 향해서 말했다.

"부교주로서 명한다. 무기들 집어넣어. 몸에서 힘 빼고, 응?"

그러자 모든 마인이 한목소리로 말했다.

"존명!"

마인들은 독문무기들을 거뒀고, 그들의 몸에서 흘러나오던 마기들도 일제히 사라졌다.

나지오는 태극지혈로 한쪽에 죽어 있는 세 명의 화산파 고수들을 슬쩍 가리키더니 말했다.

"모든 걸 떠나서 일단 얘들이 어떻게 이렇게 됐는지부터 설명해 볼래? 운정 도사, 네가 한 거냐?"

운정이 대답하려는데, 호순이 먼저 대답했다.

"제가 했습니다."

나지오는 고개만 슬쩍 돌려 그를 어깨너머로 보며 물었다.

"왜?"

"무림맹을 배신하고 마교에 투항하려 했습니다."

나지오의 두 눈은 호순에게 고정된 채로 꽤 오래 있었다.

그러다가 그는 곧 다시 고개를 앞으로 하고 운정을 보았다.

"안녕?"

그 한마디에, 영령혈검을 잡은 두 손이 절로 내려갔다.

운정이 대답했다.

"안녕하십니까, 나 사령님."

나지오가 운정의 양손을 번갈아 보다가 말했다.

"이야, 검 멋있다?"

운정은 영령혈검을 손에서 놓았다. 그러자 영령혈검이 알아서 부유해 그의 등 뒤로 갔다.

"선배님을 뵈었음에도, 검을 손에서 놓지 않은 건 죄송합니다. 순간 놀라서 그런 것입니다."

"쫄아서가 아니라?"

"예, 그건 아닙니다."

진지한 대답에 나지오는 피식 웃었다.

"여전히 재밌는 놈이네. 아, 사실 그것 때문에 말한 건 아니야. 진짜 검이 멋있어서 그래. 내 거랑 비슷하네. 어디서 얻은 거야?"

운정이 대답했다.

"무당파에는 태극마심신공이 있습니다. 이로 인해서 제 몸에 쌓인 마를 심장에 모았었는데, 이계에 있는 동안 깨달음을 얻게 되어서 그 마를 배출할 수 있게 되었습니다. 그런데 당시 사용하던 제 검에 그 마가 스며들어 이러한 형태를 이루게 되었습니다."

"이계? 이계에 다녀왔어?"

"예, 어떻게 하다 보니까."

"오? 크크크. 나만 여행한 게 아니로군! 그나저나 마를 뽑았다라? 흥미롭네. 태극지혈도 처음엔 그렇게 만들어진 걸까? 그래서 이걸로 흡수하는 양기와 음기는 마기가 가득한 걸까?"

"……."

독백에 독백을 더한 나지오는 상체를 옆으로 기우뚱해서 운정 뒤로 얼굴을 빼꼼 내밀었다. 그러곤 저 멀리 서 있는 서가령에게 말했다.

"어이, 서 씨 할망구. 할망구가 이번 일의 책임자인가?"

서가령은 눈을 가늘게 뜨더니 말했다.

"입을 비틀어 버리기 전에 할망구 소리는 그만하는 게 좋을 것이다. 이 시건방진 화산 놈아."

나지오는 어깨를 들썩이더니, 곧 다른 쪽으로 몸을 틀어서 반대쪽으로 빼꼼했다.

"아닌가 보네. 야, 균아. 너냐 혹시?"

신균은 운정을 향해서 고개를 까닥였다.

"나 아니야. 얘야."

"설마. 운정 도사가 책임자라고?"

신균은 팔짱을 끼더니 말했다.

"진짜야. 직접 한번 물어보든가."

둘의 사이는 꽤나 친한 듯, 자연스럽게 반말을 주고받았다.

이제 나지오가 다시 몸을 꼿꼿이 세우더니 운정에게 물었다.

"운정 도사, 네가 이번 일의 책임자야?"

운정은 슬쩍 고개를 돌려 서가령을 보았다.

그녀는 운정이 자신을 보는지 알면서도 그 시선을 피했다.

나지오.

그의 등장 하나로 이토록 사람들이 달라지다니.

과연 흑도와 백도의 연합을 이끌어 낸 사람이다.

운정이 다시 고개를 바로 하며 대답했다.

"맞습니다."

나지오는 신균을 따라 팔짱을 끼면서 말했다.

"어쭈구리? 내가 조금 자리를 비웠다고 바로 우리 애들 건 드렸겠다, 응? 쌈 좀 하나 봐? 응? 쌈 잘해?"

운정은 고개를 저었다.

"전 흑백의 갈등을 피할 수만 있다면 피하려고 했습니다. 하지만 서로를 향한 살심은 도저히 진정될 기미가 보이지 않았습니다."

나지오는 이해했다는 시늉을 하며 말했다.

"아하! 그래서 그 요상한 불과 안개로 한 번에 다 쓸어버리려고 한 거야? 감각을 마비시켜서 하나하나 일일이 처리하려고?"

운정은 담담하게 말을 이어 나갔다.

"압도적인 무위를 보여 줘서 투항하게끔 유도하려 했습니다."

"글쎄. 네가 그러려고 그런 건지, 아니면 죽이려 한지 내가 어떻게 알아?"

"제게 일말의 살기조차 없었다는 건 태룡향검 본인께서 가장 잘 아시리라 믿습니다."

"……."

그 말에 나지오는 조용히 운정을 바라보기만 했다. 운정은 똑같은 표정 똑같은 눈빛으로 그를 마주 보았다.

나지오가 박수를 한 번 짝 쳤다.

"해산!"

"……"

"……"

그 말에 다들 멍하니 있는데, 나지오가 짜증 난다는 듯 말했다.

"야! 다 해산하라고! 응? 너희는 무림맹으로 돌아가고. 그리고 너희들, 응? 너희들도 다들 본부로 복귀해! 알았어? 몰랐어? 응? 자자, 움직여. 움직이라고!"

그렇게 말했음에도 다들 섣불리 움직이지 못했다.

그때 서가령이 그에게 말했다.

"무림맹을 포위하라는 것은 교주명이다. 부교주가 이를 물릴 수는 없는 것이야."

나지오가 시익 웃었다.

"아니, 충분히 가능하지. 교주가 내린 명령은 포위하라는 거고, 그래서 지금 했잖아? 그러니까 다른 말로 하면 명령 완수한 거잖아? 그러니 이제 돌아가라는 거야."

"……"

서가령이 아무 말 하지 않자 나지오가 신균에게 시선을 던졌다.

"균아, 교주명에 뭐 기간이라도 있었어? 언제까지 포위해라 뭐 이런 거?"

신균은 고개를 저었다.

"없었다. 오늘 새벽 무림맹을 포위하라 해서 포위했을 뿐이지. 그 이후의 일은 서 장로와 운 장로, 둘이 결정한 것으로 알고 있어."

나지오는 다시 서가령에게 말했다,

"봐 봐요. 교주명은 이미 지킨 거라니까? 그러니까, 이제 내가 다시 포위를 풀라고 해도 교주명을 어긴 것은 아니지요, 할망구. 이거 참 너무 **빡빡하게** 구시네."

서가령은 이를 부득 갈더니 말했다.

"참 나! 억지도 이런 억지가 없구나! 됐다! 이건 너와 교주 사이의 일이니, 본녀는 **빠지겠다!** 네가 알아서 하거라!"

그녀는 곧 몸을 확 돌려서 경공을 펼쳐 본부로 향했다.

그리고 그녀가 그렇게 **빠져나가니,** 마인들도 하나둘씩 눈치를 보더니, 포위망을 풀기 시작했다.

그렇게 마인들이 하나둘씩 사라지는데, 신균이 나지오에게 말했다.

"이따가 술이나 하자. 지옥에 갔다던데, 할 이야기가 많겠지?"

나지오는 고개를 절레 흔들었다.

"모레까지 시간 비워 놔. 하루 종일 말해도 모자라니까. 아무튼 여기 정리는 나한테 맡기고, 본부에 가 있어."

"좋아. 이따가 꼭 보기다!"

신균은 그렇게 말한 뒤에, 손을 높이 들었다. 그가 손가락을 이상한 모양들로 구부리며 경공을 펼쳤다. 그러자 흑룡대 전원이 아무런 말도 하지 않고 그에게 따라붙었다. 흑룡대만의 암호인 듯싶었다.

그렇게 모든 마인들이 사라지자, 그곳에는 운정과 나지오 그리고 무림맹 고수들만이 남게 되었다.

나지오가 무림맹 건물을 엄지로 가리키더니 말했다.

"잠깐 이야기 좀 할까? 무림맹 구경도 시켜 줄게."

그 말에 매화검수들 전원의 얼굴이 일그러졌다. 몇몇이 참지 못하고 입을 열려고 하는데 그 전에 나지오가 고개를 돌려 그들에게 큰 소리로 외쳤다.

"야! 야! 안 들어가고 뭐 해! 응? 내 말이 같잖아? 교인들은 일사분란하게 내 명령을 딱딱 듣는데, 응? 니들이 내 말을 안 들으면 내가 뭐가 되냐? 그리고 솔직히 나 아니었으면 니들 여기서 다 죽었어? 알아? 그니까 다들 무림맹 건물로 들어가. 들어가서 운기하든 밥 먹든 나자빠지든 알아서 하라고. 아, 그리고 너희 둘. 너희들은 저기 죽어 있는 얘들 좀 챙겨라. 젠장, 중원에 오자마자 장례 치르게 생겼네."

그 말이 끝나자 다들 꿀 먹은 벙어리가 되었다.

나지오 때문에 목숨을 건진 것은 그 누구도 부인할 수 없는 사실이기 때문이다.

그의 말대로 하나둘씩 무림맹 건물 안으로 들어가기 시작했다. 이내 매화검수들도 움직이는데, 그중 하나가 포권을 취하며 큰 소리로 말했다.

"다시 뵙게 되어 영광입니다, 태룡향검! 말 한마디로 천마신교의 마인들을 물리치신 그 신위(神威)는 평생 잊지 못할 겁니다!"

나지오가 피식 웃는데, 그를 따라서 모두가 무림맹으로 들어가 같은 말을 하기 시작했다.

"영광입니다, 태룡향검."

"영광입니다, 태룡향검."

나지오는 손을 절레절레 흔들면서 그들을 보지도 않았다. 하지만 그의 입가가 실룩실룩한 것이 기분이 썩 나쁘지만은 않은 듯했다.

운정이 그에게 말했다.

"제가 안으로 들어가면 저들의 마음이 너무 어려울 것입니다."

나지오는 하늘을 올려다보더니 큰 한숨을 쉬었다.

"하아! 거의 두 달째 술 한 번 못 먹었는데 말이야! 응? 술

없이 이야기가 되겠어? 하도 급해서 중원에 돌아오자마자 여기로 달려온 거야. 이제 한계라고."

"이따가 신 대주와 술자리를 가진다고 하지 않았습니까? 그때 드셔도 되지 않겠습니까?"

"그래도 되긴 하는데, 취기야 몰아내려면 얼마든지 몰아낼 수 있으니까. 일단 들어오라고, 응?"

그 말에 아직 밖에 있던 매화검수들이 다시 운정 쪽을 힐긋 바라보았지만, 이내 하나둘씩 천천히 들어갔다.

"……."

운정이 아무 말 하지 않자, 나지오는 그에게 걸어와서, 그의 팔뚝을 잡았다.

그러곤 다시 무림맹의 입구 쪽으로 고갯짓을 하며 말했다.

"들어가자고. 응? 나도 너한테 들어야 할 이야기도 있고 말이지."

운정은 짧게 고민한 후에, 나지막하게 물었다.

"정 소저와는 이야기해 보셨습니까?"

나지오는 웃음이 살짝 옅어졌다.

"아니, 내가 중원에 돌아왔을 때, 기절해 있었어. 피골이 상접해서 당장 죽을 꼴이었지. 내가 얼른 단전에 기운을 불어넣어 주지 않았더라면 어떻게 됐을지 몰라."

"……."

나지오는 땅으로 시선을 두며 말했다.

"제갈극이 그러더라고, 내가 돌아오게 된 이유가 채린이 덕분이라고. 심력을 너무 많이 소비해서 한동안 정신을 차리지 못할 거라 했어. 그리고 그 아이한테 악마가 붙어 있다면서?"

디아트렉스를 말하는 것 같았다.

운정이 고개를 끄덕였다.

"예."

"그게 갑자기 난리를 쳤나 봐. 아무튼, 그래서 정확한 자초지종을 듣기 전에 흑백연합이 무산될 것 같다는 소식을 듣고는 바로 이곳으로 달려온 거야. 그래서 정확하게 무슨 일이 있었는지는 몰라."

"……"

나지오는 시선을 움직여 운정을 보았다.

"아무튼 나랑 더 이야기나 하자고. 너한테 물어볼 것도 많아. 너도 나한테 물어볼 것이 많겠지만."

운정은 그를 마주 보며 말했다.

"저도 그러고 싶지만, 아쉽게도 제겐 선약이 있습니다. 그 일을 먼저 해결한 뒤에, 다시 찾아와도 되겠습니까?"

"왜? 무림맹 들어가기 꺼려져서 그래? 걱정 마, 그건."

"그게 아닙니다. 진심으로 해야 할 일이 있습니다. 그것만 해결하면 바로 찾아뵙겠습니다."

그렇게까지 말하니, 나지오는 더 권하지 못했다.

"그래, 알겠어. 그럼 이따 신균과 함께 날 찾아와. 같이 보는 것도 나쁘진 않겠지."

나지오는 그렇게 말한 뒤, 종종걸음으로 무림맹 건물 안으로 들어갔다.

무림맹 건물 앞에 홀로 남겨진 운정은 하늘을 올려다보았다.

등장만으로 싸움을 멈춘 나지오.

그만한 수준이 되기 위해선 무엇을 쌓아 올려야 할까?

한 가지 확실한 건 단순히 힘으로만 이룩할 수 있는 것이 아니라는 것.

단순히 무공이 아닌 무공을 포함한 무언가다.

"그것이 무엇인지는 확실히 모르겠으나, 분명 머혼에게도 있던 것이지. 그것을 물어봐야겠어."

그렇다면 더더욱 이계로 가야 한다.

운정은 그 자리에서 가부좌를 틀었다.

그리고 약속된 시간이 될 때까지 고민하며 앞으로의 행동을 결정했다.

*　　　　*　　　　*

대략 한 시진에서 두 시진 정도가 지나고, 운정은 눈을 떴다. 스페라와 약속한 시간이 된 것이다.

그의 앞에는 매화검수 한 명이 서 있었다.

운정이 그녀를 올려다보며 말했다.

"손소교 소저라 알고 있소. 여태 기다린 것이오?"

몇 달 전 화산파.

매화검수들 중 아무도 섣불리 나서지 못할 때, 그녀는 침착하게 상황을 판단하고 지혜롭게 통솔했다. 다른 이들을 사형 사저로 부르는 것으로 보나, 아직 앳되고 소녀기가 다분한 얼굴로 보나, 배분이 한참 낮았음에도 말이다.

손소교는 착잡한 눈길로 그를 보다가 툭하니 말했다.

"여기서 운기조식을 하시다가 불상사를 당하시면 어쩌려고 가부좌를 틀고 계셨나요?"

"운기조식은 아니고 깊이 명상을 하고 있었소. 무아지경에 이르지 않았으니, 누군가 해할 목적으로 나를 공격했다면 내 본능이 즉각 반응했을 것이오. 다만 손 소저께서는 그럴 생각이 전혀 없었나 보오. 내가 모르고 있었던 걸 보니."

"그렇다면 함정을 파고 계셨던 건가요? 무림맹의 누군가가 공격하기를? 그리고 그것을 명분 삼아 다시금 무림맹을 탄압하려고?"

운정은 희미한 미소를 얼굴에 그렸다.

"아니오. 내가 명상을 한 것은 깊은 고민이 있었기 때문이지, 그런 악한 의도는 없었소. 그리고 그랬다면 태룡향검께서도 가만히 지켜만 보고 있지 않았겠지."

운정을 내려다보던 손소교의 얼굴은 무표정했다.

이내 그녀가 운정의 시선을 피하면서 툭하니 말했다.

"깨어나시면 태룡향검께서 말씀을 전해 달라고 하셨어요."

"무슨 말씀을 하셨소?"

"자시(子時)부터 낙양본부 태룡전에서 술을 마실 테니, 오시라고요."

그녀는 그렇게 말한 뒤에도 계속해서 서 있었다.

운정은 몸을 일으키면서 그녀를 계속 보았는데, 그녀는 옆으로 시선을 향한 채로 가만히 있었다.

운정이 말했다.

"혹 내게 다른 용무가 있으시오? 단순히 말을 전하는 거라면 이렇게 날 기다릴 이유가 없었을 텐데?"

손소교는 눈을 살짝 들어 운정을 한 번 본 뒤에, 다시 원래 보던 방향으로 눈길을 돌리곤 말했다.

"전 어릴 때부터 정 사저를 봐 와서 잘 알아요. 정 사저는 절대로 화산을 배신할 사람이 아니에요. 애초에 정 사저가 배신할 이유가 없어요. 매화검수들 중에는 그녀가 당신을 연모해서 배신했다고 믿는 사람도 있고, 애초부터 마교의 끄나풀이었다고 믿는 사람도 있어요. 태룡향검까지 한패라고 말이 죠. 하지만 객관적으로 봤을 때 모두 신빙성이 없어요."

"······."

태룡향검이 백도 고수들에게 무림맹 안으로 들어가라 했을 때, 몇몇 매화검수들은 끝까지 버티고 서 있다가 결국 마지못해 들어갔다. 손소교가 말한 사람들이 바로 그들인 듯싶었다.

운정은 세상 어느 집단도 구성원 모두가 똑같은 생각을 하진 않는다는 것을 다시금 느꼈다.

손소교가 깊은 눈빛을 하며 말을 이었다.

"정 사저는 절대로 정에 흔들리는 사람이 아니에요. 아무리 사랑하는 사람이 있다 할지라도 그 때문에 이성이 흔들리는 사람이라면 애초에 매화검수의 대주가 될 수 없었죠. 또한 정 사저가 만약 마교의 끄나풀이었다면, 논리적으로 태룡향검까지도 그래야만 해요. 하지만 태룡향검께서 지금껏 화산을 위해서 헌신한 것을 보면 절대 그렇다 할 수 없어요. 방금 무림맹을 지켜 주신 것을 보면 더더욱 아니지요. 교주의 명까지 어기는 것처럼 보이던데 말이죠."

"······."

손소교는 고개를 돌려 다시 운정을 보았다.

"아무튼 전 정 사저에게 모종의 이유가 있으리라 생각해요. 지금껏 매일 밤마다 생각했지만, 분명 우리가 알지 못하는 무언가가 있다고 믿어요. 그래서 그걸 확인받고 싶어요, 운정 도사님."

운정은 나지막하게 말했다.

"그 일의 전말을 아는 사람은 정채린과 소청아입니다. 정채린은 당사자니 그녀의 말을 믿을 수 없다면 소청아의 말을 믿는 수밖에 없는데, 그녀 또한 뱀파이어가 되어서 생강시와 같은 존재입니다. 그녀가 진실을 이야기하지도 않겠지만, 한다할지라도 매화검수들이 받아들일 수 있을지는 의문입니다."

손소교는 날카롭게 물었다.

"왜 소 사매가 진실을 이야기하지 않을 거라고 말하시죠?"

운정은 담담하게 대답했다.

"그녀는 제게 원한이 있습니다. 또한 정 소저에게도 있지요. 그 악의는 생강시가 되면서 강해졌으면 강해졌지 약해지진 않았을 겁니다. 오히려 그 악의를 기반으로 자아를 유지하고 있는지도 모릅니다. 그러니 정 소저가 다시 화산과의 관계를 회복하게 둘 리는 없다고 생각합니다."

손소교는 고개를 떨궜다.

운정이 조용히 포권을 취하고는 몸을 돌리려는데, 그녀가 갑자기 고개를 들곤 다급히 말했다.

"운정 도사님, 전에 운정 도사께서 근농봉에 진실이 있다고 하셨습니다. 그것은 무슨 뜻이었습니까?"

그러고 보니 그 이후 그 말이 무슨 뜻인지 정채린에게 들었었다.

운정은 기억을 더듬으며 중얼거리듯 말했다.

"그 당시엔 저도 무슨 뜻인지 몰랐습니다. 이후 그녀의 말을 들으니, 근농봉에 안치된 한근농의 시체가 사실 목인(木人)이라더군요. 그것이 그녀의 결백에 증거가 된다 했습니다."

손소교의 아미가 찌푸려졌다.

"그게 무슨 말입니까? 목인이요?"

운정이 설명했다.

"당시 욘과 손을 잡았던 이석권 장로는 마법을 쓸 수 있었습니다. 그는 환각 마법으로 목인을 한근농의 시신인 것처럼 꾸며서 장례를 진행했다 하더군요. 그러니 근농봉에 있는 석관 속에는 한근농의 시체가 아니라 목인이 있을 겁니다. 그걸 확인하시면 이석권 장로가 마법을 쓸 수 있었으며, 한근농의 몸속에 있었던 욘과 함께 일을 꾸몄다는 것을 믿을 수 있게 될 겁니다."

손소교는 화산의 대전에서 이석권이 정채린을 추궁하던 것을 기억했다.

당시 정채린은 욘이 한근농의 몸을 빌렸는데, 그와 마지막으로 만난 사람이 이석권이라며 그를 역으로 추궁했었다.

당시에는 정채린의 말이 허무맹랑하기 짝이 없는 마지막 발악처럼 느꼈었다. 하지만 만약 한근농의 시신이 이석권 장로가 마법으로 꾸며 낸 것이라면, 이야기가 완전히 달라진다.

다른 걸 떠나서 이석권이 어떻게 마법을 썼으며, 왜 마법을 써서 화산파 전체를 속였단 말인가?

손소교는 믿을 수 없다는 듯 고개를 흔들었다.

"근농봉에 한 사형의 시신이 없다는 말씀이십니까? 그 장례에는 저도 참석했었습니다. 한 사형의 시신이 근농봉 석관에 들어가는 것을 제 눈으로 똑똑히 보았단 말입니다."

운정이 강하게 말했다.

"그렇다면 더더욱 정 소저의 말을 증명하는 직접적인 증거가 될 것입니다. 온과 이석권에 관한 모든 것에서 말입니다."

순간 손소교의 두 눈이 빛났다.

그녀가 나지막하게 말했다.

"전 정 사저가 무슨 주장을 했는지 똑똑히 기억합니다. 만약 한 사형의 시신이 없다면… 이석권 장로께서 우리 모두를 속인 것이라는 결론뿐이군요. 그가 마법사와 결탁하지 않았다면 그런 일을 행할 동기가 없습니다. 동기. 그래요, 동기가 없습니다."

운정은 포권을 취했다.

"소저께서 근농봉에서 진실을 찾길 바랍니다."

손소교는 마주 포권을 취할 생각도 못 하고 충격에 빠져 있었다.

그녀는 느릿하게 몸을 돌려 무림맹 쪽으로 걸어갔다.

운정은 그녀의 뒷모습을 보며 마음이 한결 가벼워지는 것을 느꼈다. 하지만 당장 직면해 있는 문제가 생각나 또다시 생각이 복잡해졌다.

그는 밤하늘을 바라보며 대강 시간을 가늠하더니, 곧 제운종을 펼쳐서 빠르게 이동했다.

낙양 시내를 지나 성벽을 넘어 외곽에 있는 숲으로 들어갔다. 그러자 카이랄로 들어가는 입구가 있는 곳이 눈앞에 보였다.

알테시스를 포함한 네 마법사들은 이미 그곳에 서 있었다. 그들은 지팡이를 꺼내 든 채 경계 어린 시선으로 운정 쪽을 바라보았는데, 운정의 얼굴을 확인하자 안도했다.

운정은 눈동자를 움직여 주변을 훑어보았다. 하지만 어디에도 조령령은 없었다.

역시 가족을 떠나기긴 어려웠던 것일까?

운정의 마음이 뒤숭숭해졌다.

청룡궁과 청암문에서의 일은 마냥 순탄하지만은 않았다. 하지만 조령령 덕분에 많은 어려움들을 피할 수 있었다. 애초에 그녀의 도움이 아니었다면 청룡궁에 들어갈 수도 없었을 것이고, 청암문에서도 정채린을 찾지도 못했을 것이다.

물론 그녀는 가족들의 유혈 사태를 피하기 위해서 그랬다고 하지만, 운정이 큰 은혜를 입었다는 건 부정할 수 없는 사실이다. 그리고 진짜 그것이 목적이었다면 지금까지 이렇게 도와주지도 않았을 것이다.

조령령이 자발적으로 청룡궁에서 나와 운정과 함께한 이유는 뭘까? 짧은 시간 동안 그토록 마음을 연 이유는 뭘까? 명상하며 이 질문에 답하기 위해서 고민을 거듭했지만 지금 이 순간까지도 뚜렷한 답을 찾지 못했다.

답을 찾진 못했지만 그녀와 포옹했을 때 느낀 것이 있었다. 그녀를 안았을 때, 혹은 그녀가 안겨 왔을 때, 운정은 평생 실감한 적 없는 가족의 정을 느꼈다. 이유는 모르겠지만 그녀 또한 그것을 느꼈으리라, 이상하게 확신할 수 있었다.

하지만 그녀는 결국 청룡궁을 선택했다.

어찌 보면 당연하다.

그녀에게 있어 운정은 최근에 잠깐 본 사람이다.

평생을 봐 왔던 가족들을 버려 두고 어찌 자신을 따를 수 있겠는가?

네 마법사는 운정이 자기들 앞에 선 채 아무런 말도 하지 않자, 서로 눈치를 보았다.

알테시스가 대표로 물었다.

"Daoshi Yoon, Something wrong?(운정 도사, 혹시 뭔가 잘

못된 건가?)"

운정은 상념에서 벗어나며 품속에 있던 퍼플 마나스톤(Purple Manastone)을 꺼냈다.

"Nothing. It's been a day so we can summon Spera by breaking this.(아닙니다. 만 하루가 지난 듯하니, 이제 이걸 부수면 스페라가 올 겁니다.)"

그 말에 다들 작은 미소를 지었다.

알테시스가 말했다.

"That's good. By the way, can you wait a bit?(다행입니다. 혹 잠시 기다려 줄 수 있습니까?)"

"Why?(왜 그렇습니까?)"

그 질문의 대답은 동굴 안쪽에서 들렸다.

"운 오라버니!"

그 목소리를 들은 운정은 자기도 모르게 환한 미소를 얼굴에 띠었다.

"령령아."

조령령은 막 동굴에서 뛰쳐나오더니 운정을 향해서 쪼르르 달려왔다. 그러곤 그의 허리를 툭 하고 치더니 말했다.

"뭐야? 나 빼놓고 가려고 했어?"

따스함이 등골을 타고 올라오는 기분.

운정은 절로 미소를 지으며, 그녀의 머리를 부드럽게 쓰다듬었다.

"설마 그럴 리가. 그럴 리가 없지."

조령령은 배시시 웃더니 말했다.

"히히. 나도 준비됐으니까! 그러니까 같이 가자!"

운정은 그녀의 머리를 한 번 더 쓰다듬고는 제자리에 앉았다.

조령령과 눈높이를 맞추더니 물었다.

"정말로 가고 싶어? 괜찮겠어?"

조령령은 양손을 가슴에 모으더니 대답했다.

"어차피 여기 있어도. 갈 데 없잖아."

"청룡궁은?"

"어차피 나한테 신경 쓰는 사람 아무도 없는걸. 아니, 오히려 돌아가면 아버지가 날 살려 두기나 하겠어? 가뜩이나 용 같지 않다고 귀찮아했으니까."

"……"

그녀는 어깨를 한 번 빠르게 들썩이더니 말했다.

"됐어. 나도 이제 그만둘래. 아무리 노력해도 어차피 난 용이 못 되나 보지. 내가 청룡궁을 위해서 얼마나 희생했는데. 이번도 그래. 나는 목숨을 걸었어. 목숨을 걸고 낙양까지 온 거야. 지금껏 청룡궁의 누구도 천마신교 본부 안까지 들어온 용은 없어. 난 아버지가 찾아 헤매던 봉인된 황룡까지 봤잖

아. 근데, 근데, 근데……."

운정은 다시금 그녀의 머리를 쓰다듬었다.

"아버지한테서는 아무 말이 없니?"

조령령은 갑자기 고개를 마구 저었다.

"솔직히 이번엔 칭찬을 들을 줄 알았거든? 그런데 막 진짜 무섭게 말하는 거야. 만날 나한테는 무섭게만 하고. 오빠들은 칭찬만 하고. 됐어, 나도 이제 관두려고. 그냥 아버지랑 떨어진 다른 세상에 가서. 그곳에서 살 거야. 거기서는 아버지 말도 안 들리겠지."

"……."

그녀는 맑게 웃으면서 운정을 내려다보았다.

"이제 운 오빠한테도 귀찮게 안 굴게. 진짜로. 그러니까, 막 나 너무 내버려 두고 그러지만 않았으면 좋겠어. 응? 귀찮게 안 할 테니까, 진짜로."

운정은 또한 마주 웃었다.

"이계에 아이시리스라는 아이가 있어. 소개시켜 줄게. 그 아이랑 친구가 되면 서로 정말 잘 맞을 거 같아."

그 말에 조령령은 부끄러운지 몸을 배배 꼬았다.

"친구? 친구는 아직 하, 한 명도 없는데. 아, 알았어."

운정은 그녀의 머리를 다시금 쓰다듬으며 자리에서 일어났다.

그러곤 알테시스를 바라보며 말했다.

"다들 준비가 되었으면 이제 슬슬 가도록 하지요. 아, 그런데, 령령아."

"응?"

혼자 무슨 상상을 했는지 즐거운 표정을 짓던 그녀가 놀라 되물었다.

운정이 말했다.

"저 안에는 왜 들어갔던 거야? 위험하다고 했잖아."

조령령은 알테시스를 바라보며 말했다.

"내가 안을 구경하고 싶다고 마법사들한테 물어보니까 위험한 일이 생기면 봐준다고 해서. 그래서 들어갔지!"

운정이 사늘한 눈길로 돌아보자, 알테시스가 황급히 말했다.

"Anything related with magic is never dangerous to Spartoi. (용인에게는 어떠한 마법적인 위험도 위험이 될 수 없습니다.)"

마법사들의 탐구심은 그들의 생존 본능보다 강하다.

그들은 카이랄처럼 특이한 공간에 마법에 영향을 받지 않는 용이 들어가면 어떻게 되는지 참을 수 없을 만큼 궁금했을 것이다.

운정은 그 의도를 눈치 채고는 차가운 목소리로 경고했다.

"I know what you were thinking. I will allow anything like this to happen no more. (당신이 무슨 생각을 했는지 압니다. 더는 이런 짓을 허락하지 않을 겁니다.)"

그녀가 들어가고 싶어 해서 그 신변을 보호하고자 지켜본 것뿐이다.

알테시스는 그렇게 변명하려했다.

하지만 그 말은 그의 머릿속에서만 맴돌 뿐, 입 밖으로 나오지 않았다.

현묘하고 깊은 운정의 두 눈동자가 그 생각까지도 꿰뚫어 보는 듯했기 때문이었다.

알테시스는 이내 고개를 한번 끄덕이며 말했다.

"Got it. (알겠다.)"

운정은 다시 조령령을 바라보더니 말했다.

"안에 들어갔을 때 혹시 이상한 거 못 느꼈니?"

조령령은 입술을 삐죽거렸다.

"별로. 그냥 이상한 흰 벽 같은 게 있던데. 엄청 폭신폭신해서."

"그 안으로는? 들어가 봤고?"

"응. 근데 조금 들어가다 말았어. 너무 깊이 들어가면 못 나올 거 같아서. 왜애? 내가 잘못한 거야?"

운정은 포근한 미소를 지었다.

"아니야, 괜찮아. 아무 일 없었다면 됐다."

그는 한숨을 쉬더니 알테시스를 한번 흘겨보았다.

알테시스는 굳은 표정으로 운정의 기색을 살피고 있었다.

눈으로도 충분히 말했을 터.

운정은 더 말하지 않고 퍼플 마나스톤을 들었다.

그리고 저 멀리 힘껏 던졌다.

포물선을 그리며 날아간 마나스톤은 땅에 부딪친 그 순간, 산산조각이 나면서 먼지보다 작은 파편들로 변해 마치 사라져 버린 듯했다.

그리고 그 중심으로부터 수없이 많은 마법진이 폭발하듯 주변에 뿌려졌다. 운정 일행이 서 있는 곳은 물론, 그보다 더 먼 곳까지도 퍼져 나가 거의 30장을 뻗어 나간 듯했다.

지이잉-!

귓가를 울리는 묘한 소리가 나면서 대자연의 흐름이 일순간 멈췄다. 일정한 방향으로 흐르던 기가 그 마법진의 영향을 받아서 세밀한 흐름들로 뒤바뀌기 시작한 것이다. 그와 동시에 마법진이 환한 금빛으로 빛나기 시작했다.

조금 시간이 지나자 바닥에 그려졌던 마법진에서 새로운 마법진들이 떠오르기 시작했다. 운정은 바닥에 그려진 마법진이 '차원이동을 위한 마법진'이 아니라, '차원이동을 위한 마법진'을 그리는 마법진임을 깨달았다.

새롭게 떠오른 마법진들은 이제 바닥이 아닌 공중에 그려지기 시작했다. '차원이동을 위한 마법진'이 얼마나 복잡한지, 그것을 그리는 마법진이 따로 필요한 것이다.

일종의 압축인데, 이것은 로스루북이 직접 개발한 것으로 그에게서 마법을 배울 당시 그가 침을 튀겨 가며 자랑했던 것이 기억났다.

2차원 마법진과 3차원 마법진은 그 안에 보유한 정보에서부터 차이가 무한하게 난다. 하지만 3차원 마법진이 너무나 복잡하기 때문에 이를 그리기 위해서 2차원 마법진이 동원되는 것이다.

그 놀라운 광경을 바라보며 운정이 나지막하게 말했다.

"프로젝팅(Projecting). 한어로는 투영(投影)이라 정했었지."

로스부룩은 운정에게 한어로 마법을 가르치기 위해서 많은 고유 명사를 한어로 번역했다. 운정은 그때의 기억이 새록새록 나면서 마법에 관련된 지식들이 다시금 일깨워지는 것을 느꼈다.

어느 정도 시간이 지나자 3차원 마법진이 공간을 가득 메웠다. 그리고 그 중심에는 수없이 많은 문양들이 그려진 두 개의 정육면체가 둥둥 떠서 빙글빙글 돌아가고 있었다. 한 정육면체가 다른 하나 속에 있었는데, 한 번씩 돌 때마다, 꼭짓점과 꼭짓점을 잇는 변이 묘하게 움직이면서 안과 밖의 정육면체가 뒤바뀌고 있었다.

깨달음을 통해 무한을 이해한 운정은 그것이 무엇인지 알수 있었다.

"테서렉트(Tesseract). 정팔포체(正八胞體)."

그 말에 네 마법사들의 눈동자도 크게 떠졌다.

백문이 불여일견이라.

네 마법사와 운정은 정팔포체를 눈으로 보는 것만으로도 공간에 대한 개념이 확장되는 것을 느꼈다. 특히 운정은, 상상할 수 없기에 막혀 있었던, 시공간에 대한 벽이 허물어지는 것을 느꼈다.

알테시스도 중얼거렸다.

"Every magic circles here are only for that tesseract. (여기 있는 모든 마법진은 다 저 테서렉트를 위한 것이로군.)"

다시 말하자면 이중 압축이다.

2차원에서 3차원으로 그리고 3차원에서 4차원으로.

운정은 모두가 입을 모아 말하는 로스부룩의 천재성을 이제야 제대로 가늠할 수 있을 것 같았다.

대자연의 기운이 마법진의 흐름에 따라 더욱더 미세하게 흐르면서 세상의 원리를 변화시켰다. 그리고 테서렉트에 안으로 들어갔을 땐, 공간의 법칙조차 바꿀 정도가 되었다.

새하얀 빛이 테서렉트의 중심에서 떨어졌다. 그리고 그 빛

사이로 한 여인이 걸어 나왔다.

스페라였다.

그녀는 눈을 감고 심호흡을 하며 상쾌한 표정을 지었다.

그러면서 한어로 말했다.

"이거야! 이거야! 흐음. 아 맑다! 맑아! 역시 중원에 오니까 좋네!"

운정이 말했다.

"스페라 스승님."

스페라는 눈을 뜨고는 운정을 보았다.

"안녕, 운정? 좀 늦었잖아? 난 네가 약속을 못 지키는 줄 알았지."

"아마 그럴 것 같습니다."

"왜?"

운정은 옆에 있던 조령령의 등에 손을 올렸다. 그러자 그녀가 운정을 한번 힐긋하더니, 스페라에게 인사했다.

"안녕."

어린 아이의 짧은 인사에 스페라는 묘한 표정을 지었다.

"뭐야, 걔는? 설마 새로운 애인은 아니지?"

운정은 작게 웃었다.

"설마요. 인질입니다. 청룡궁의 용인이지요."

"뭐? 인질? 아, 아니, 청룡궁? 뭐, 뭐라는 거야?"

그 말에 조령령은 웃음을 터트렸다.

스페라는 이해할 수 없다는 듯 운정과 조령령을 번갈아 보더니 말했다.

"잠깐만. 무슨 말이야? 설명해 봐 봐."

운정이 설명했다.

"자세한 건 지금 말씀드리기 어렵습니다. 다만 저 대신 이 아이를 차원이동시켜 주셨으면 합니다."

"뭐?"

"전 아직 중원에 할 일이 남아 있습니다. 그것만 매듭짓고 카이랄을 통해 바로 가도록 하겠습니다."

그 말에 조령령은 불안한 표정을 짓고 운정을 올려다보았지만, 자기가 한 말이 있으니 투정 부리지 않았다.

스페라는 얼떨떨한 표정을 짓곤 조령령을 위아래로 훑어보더니 말했다.

"얘, 스파르토이(Spartio)지?"

"혹 어렵겠습니까?"

스페라는 지팡이로 앞머리를 긁적이더니 몸을 틀어서 공중에 떠 있는 테서렉트를 흘겨보았다.

"아니, 괜찮을 거야. 이건 일시적인 공간이동 마법이 아니고 공간균열이거든. 차원이동하려면 어차피 내가 중원에 왔다가 다시 가야 해서. 차원이동을 연속으로 두 번 하느니 그냥 균열을 만드는 게 이득이니까. 사람 수가 적기도 하고."

"그렇습니까?"

"응, 쿨다운(Cooldown). 말했잖아?"

그러고보니 제갈극도 그렇게 말했던 것 같다.

운정은 고개를 한번 끄덕이더니 말했다.

"혹시나 심력과 내력이 더 필요하시면 제가 도와드리겠습니다."

"아니야. 그럴 필요는 없어. 균열은 지속 시간에 비례할 뿐이니까. 통과하는 물체의 질량으로 인한 마나 소비는 방정식에서 알아서 상쇄… 아, 아무튼. 그럼 너는 언제 올 건데? 어차피 요즘 난 카이랄에만 있으니까, 어느 때나 카이랄에 오면 바로 파인랜드로 보내 줄 수 있어."

"하루 안에는 가겠습니다."

"또? 이번에는 진짜지?"

"잠깐 누굴 만나고 오는 것입니다. 별일 없을 겁니다."

스페라는 언짢은 표정을 지었지만, 고개를 끄덕였다.

"알겠어. 좋아, 가자. 어이, 네크로멘서들? 너희도 가자고."

알테시스를 포함한 네 마법사들은 긴장한 표정으로 흰 빛을 향해 걸어가기 시작했다. 그런데 알테시스가 막 스페라를 지나가다 멈춰서더니 그녀에게 나지막하게 말했다.

"If dimensional teleportation is possible through a

space gap then…….(차원이동이 공간균열로 가능하다는 뜻은…….)"

스페라는 한쪽 입 꼬리를 올리며 그의 말을 잘랐다.

"Yep. They are in the same dimension. Funny, isn't it? (맞아. 여기랑 파인랜드는 차원이 다른 곳이 아니야. 재밌지?)"

알테시스는 충격에 입을 살짝 벌렸다.

스페라는 지팡이로 그의 어깨를 툭툭 치더니 흰 빛을 향해 뻗으며 말했다.

"if you got it, then go in and be silent about it. (무슨 뜻인지 알았으면 조용히 들어가.)"

알테시스는 입을 다물고는 다시 걸음을 옮겨 흰빛으로 갔다.

운정은 조령령에게 말했다.

"일단 가 있어, 령령아. 내일 이 시간까지는 꼭 갈 테니까."

조령령은 입술을 살짝 삐죽이더니 말했다.

"그, 그냥 같이 가면 안 돼? 좀 무서운데?"

운정은 그녀의 어깨를 툭툭 쳐줬다.

"하루면 돼. 하루면. 어서."

조령령은 몇 번이고 입술을 달싹거리다가 곧 스페라 쪽으로 걸어갔다. 운정은 스페라에게 당부했다.

"잘 부탁드립니다. 제 친여동생인 것처럼 대해 주십시오."

"언제는 인질이라며? 참 나. 알았어."

스페라는 다가온 조령령을 내려다보았다. 조령령은 연신 흔들리는 눈빛으로 그녀를 보고 있었는데, 스페라는 그런 것을 신경 안 쓰는 듯 바로 왼손을 뻗었다.

"잡아. 같이 가자."

조령령은 고개를 돌려 운정을 보았다. 운정이 웃으며 끄덕이자, 다시 스페라를 돌아보곤 그 손을 살포시 잡았다.

그들은 곧 천천히 걸어서 빛의 기둥으로 갔다.

그때 운정이 깜박했다는 듯 말했다.

"스페라."

그녀가 되돌아보자, 운정의 등 뒤에 매달려 있던 영령혈검이 둥실 떠오르더니, 그녀 주변으로 날아갔다. 스페라가 사이코키네시스로 그것을 들자 운정은 바람의 힘을 거두며 말했다.

"시아스에게 가져다 주십시오."

스페라는 고개를 끄덕이더나 말했다.

"알았어. 이따가 봐."

이내 빛이 그들을 완전히 삼키자, 공간을 가득 메운 마법진이 투명하게 변하면서 그 빛을 잃었다.

얼마 지나지 않아 전과 같은 평범한 동산의 모습으로 돌아왔다.

운정은 기감을 넓혀 행여나 이 모습을 본 사람이 있는지 확인했다.

주변에 아무도 없다는 것을 확인한 그는 제운종을 펼쳐 낙양본부로 향했다.

천마신교(天魔神敎) 낙양본부(洛陽本部) 태룡전(太龍殿).

이름은 거창했지만, 그 크기는 운정의 낙선향보다도 못했다.

그 안뜰에는 두 사람이 작은 술상을 펴 놓고 대작하고 있었다.

흑룡대주 신균과 부교주 나지오가 허물없는 사이라는 건 아는 사람은 알고 모르는 사람은 모르는 정도의 비밀이다. 그들이 티 내지도 않았고, 숨기려 하지도 않았기 때문이다.

그들의 대화는 당연하지만 온통 무(武)에 쏠려 있었는데, 특히 마공과 정공 중 무엇이 우월한가 하는 문제가 주를 이뤘다. 오늘만큼은 '지옥'이라는 놀랍기 그지없는 대화 거리가 있었음에도 그들의 이야기는 여전히 무(武)안에서만 맴돌았다.

운정이 태룡전 안뜰에 모습을 보이자마자, 신균이 그에게 물었다.

"운 장로, 잘 왔소. 운 장로 생각도 듣고 싶소. 운 장로는 정공과 마공 중 무엇이 우월하다고 생각하시오? 당연히 마공 아니겠소?"

나지오는 술잔을 탁 하고 내려놓으며 말했다.

"어? 이거 봐라. 은근히 그렇게 유도하면 되겠냐? 운정 도사, 솔직하게 말해 봐. 아무리 마공이 뛰어나지만 정공만 하겠어? 안 그래?"

무를 향한 그들의 탁상공론은 새로운 인물이 왔음에도 멈출 줄 몰랐다.

운정은 옅은 미소를 유지한 채, 그들에게 다가가 앉으면서 말했다.

"그야 오묘한 문제이지요."

그가 자리하며 빈 술잔 하나를 잡았다.

                    *   *   *

입신.

지옥.

이계.

하루 종일 말해도 끝나지 않을 대화 거리가 세 개나 있어, 술자리 시간은 빠르게 흘러갔다.

두 시진이 훌쩍 넘어 인시 초가 되었을 쯤, 운정이 자리에서 일어났다.

"뭐야? 벌써 가게?"

나지오가 묻자, 운정은 동쪽 하늘을 바라보며 말했다.

"일각 안에 해가 떠오를 것 같습니다. 내일까지 이계에 가야 하는데 그 전에 가족을 보고 싶습니다. 상황이 좋지 못해서 위험할 수도 있거든요."

나지오는 신균을 돌아보며 말했다.

"뭐? 진짜? 갑자기? 내일까지 이계라니? 그런 소식은 전혀 못 들었는데. 세상에. 본교에서 그런 큰일이 벌어지는데 아무도 모르고 있다니. 교주의 수완이 더 좋아졌네?"

혹시나 신균이 아는지 떠보는 것이었는데, 신균도 놀라긴 마찬가지였다.

신균은 운정에게 말했다.

"본교가 고수들을 이계에 보낸다 함은 소수 정예를 보낸다는 건데, 내가 몰랐던 게 좀 이상하오. 아무리 정세가 안정되고 있다곤 하지만 이계에 정예를 보내는 것은 시기상조 아니오?"

운정이 대답했다.

"저 홀로 가는 것입니다. 때문에 제가 이계지부의 지부장이 되기도 하는 것이구요. 우선 그곳에서 기반을 다질 것입니다."

그 말을 들은 신균의 눈빛이 순간 번뜩였지만, 그는 더 묻지 않았다.

나지오가 말했다.

"아하. 교주가 과거 낙양지부에서 영감을 얻었나 보군. 과거에 본교에서 애매한 인물들을 낙양지부에 몰아넣었지. 장로도 있었고. 그런 식인 건가?"

"교주의 의도는 모르겠습니다. 다만 그곳의 전권을 위임받았습니다. 그곳에서 정식으로 신무당파를 키워 나갈 생각입니다."

신균과 나지오는 운정의 이야기를 통해서 그가 신무당파를 개파했다는 사실을 알고 있었다.

신균이 팔짱을 끼더니 말했다.

"본교에 속한 이상 본교의 명령을 거부할 순 없소. 운 장로, 현 교주는 지혜롭기에 긁어 부스럼 만들지는 않겠지만, 그가 앞으로 얼마나 교주를 하겠소? 교주의 자리는 지혜로 되는 것이 아니니, 만약 다음번 교주가 지혜로운 사람이 아니라면 이계지부를 억압하려 할 수 있소. 그때는 정말로 선택해야 할 것이오."

운정은 고개를 끄덕였다.

"알고 있습니다."

무엇을 알고 있다는 것일까?

신균은 피식 웃더니 술잔에 술을 따랐다. 그리고 운정에게 건넸다.

"오늘 교제는 참으로 좋았소."

운정은 그것을 받아서 한 번에 마신 뒤에, 식탁에 내려놓으며 말했다.

"저 또한 마공에 대해서… 아니, 마(魔) 그 자체에 대해서 많은 것을 배운 시간이었습니다."

나지오는 아쉽다는 듯 말했다.

"가기 전에 잠깐 들러. 그건 되잖아? 하루가 지나도 여기서 그대로 술 먹고 있을 걸?"

운정은 그에게 포권을 취했다.

"가능하면 들르겠습니다. 그럼."

운정은 몸을 돌려 밖을 향해 걸었다.

나지오는 즉각 고개를 돌려 다시 술을 따랐고, 신균은 그의 모습이 사라질 때까지 그 뒷모습을 바라보았다.

그는 그 길로 마조대에 갔다. 그리고 낙양에서 무당산까지 직선거리를 나타낸 지도를 받은 후, 바로 출발했다.

지도상으로 대략 700리 정도 되니 왕복하는 시간만 총 아홉 시진 반 정도가 소요될 것이기 때문에 부지런히 움직여야 했다.

그렇게 네 시진을 조금 넘게 경공을 펼친 그는 자신의 본가(本家)에 도착할 수 있었다.

그의 집은 전에 봤던 모습 그대로였다.

마당에는 어머니가 어린 여자아이를 안고서 그 아이의 어리광을 바라보며 행복해하고 있었다.

"어머니."

운정의 부름에 어머니는 깜짝 놀라 운정을 돌아봤다.

"에구머너나! 자, 장자야! 장자가 찾아왔구나!"

그의 어머니는 품에 있던 여자아이를 옆에 두고는 그에게 달려 나왔다.

반가움과 경계심이 반반 섞인 그 눈빛.

자신의 아들을 그리고 낯선 이를 동시에 바라보는 듯한 눈빛이었다.

운정은 희미하게 웃으면서 말했다.

"저 아이가 육음이라 했지요?"

어머니는 얼떨떨한 표정을 지으면서 고개를 끄덕였다.

"그, 그렇다, 작년에 태어난 애지. 호호. 네 막내 여동생이란다."

운정은 포근한 눈길로 육음이를 보다가 곧 품속에 손을 넣고 금전 보화를 담은 주머니를 꺼냈다.

전에 천마신교에서 지급받은 금전 보화로, 은전보는 물론 금전보도 다수 있었다.

"장자로써 제가 지금까지 해 드린 것이 없군요. 어머니, 이걸 받으시지요."

마을도 없는 산골에 홀로 사는 운정의 본가가 부할 리 없었다.

어머니는 휘둥그레진 표정으로 주머니 속 금전 보화를 바라보았다. 덜덜 떨리는 목소리로 말했다.

"이, 이게 다 무엇이냐?"

운정은 더욱 깊게 웃으면서 주머니를 어머니의 손에 올려 주었다.

"이 불효자가 번 것입니다. 앞으로 다시 찾아오기 어려울 수도 있어서, 절 낳아 주신 은혜에 조금이라도 보답하고자 가져온 것입니다."

보화를 바라보는 어머니의 표정에 절로 미소가 그려졌다.

그런데 일순간 그 얼굴이 굳었다.

어머니가 눈을 딱 감더니 말했다.

"내가 널 낳기는 했다만, 네 참된 부모는 무당이다. 그러니 효를 갚으려면 내가 아니라 무당에 하는 것이 옳다."

"제 참된 부모가 무당이라니요? 물론 무당이 없었다면 저도 없었겠지만, 그 이전에 어머니께서 절 낳아 주시지 않으셨다면 전 이 세상에 없었을 겁니다."

어머니는 고개를 저으며 나지막하게 대답했다.

"내가 널 태중에 품고 있을 때에, 산적을 만난 일이 있다. 그때 내가 혼찌검을 당하여 네 생명은 그때 이미 끝났었다. 그런데 무당의 도사께서 널 되살려 주신 것이다. 그래서 널 무당에 바치겠노라고 맹세했었지."

"……."

"그래서 열 살이 된 해에 널 무당에 들인 것이다. 난 네게 이름도 붙이지 않고, 정도 주지 않았다. 그러니 나는 이 돈을 받을 자격이 없다, 첫째야."

운정은 그 말을 듣고 마음이 미어지는 것을 느꼈다.

그는 고개를 푹 숙인 채로 말했다.

"그랬었군요."

어머니는 은혜를 갚기 위해 자기 자식, 그것도 장자를 바칠 정도로 신실한 사람이다.

그러니 제물 앞에서도 흔들리지 않는 것이 어찌 보면 당연했다.

운정은 손을 폈다. 그러자 주머니가 공중에 둥실 떠올랐다.

그 모습을 멍하니 바라보던 어머니가 곧 떨리는 목소리로 말했다.

"시, 신선이 되었구나. 저, 정말로. 그, 그래, 그때 선술을 부려 물고기도 잡았었지. 맞아."

운정은 희미하게 웃어 보이며, 바람을 이용해 그 주머니를 육음이 앞에 두었다.

"제겐 더 이상 필요없는 것입니다."

그 말에 어머니의 얼굴이 순간 슬픔이 차올랐다.

"호, 혹시 서, 선계로 떠나는 것이냐? 그런 거야? 그, 그래서 잠깐 보러 온 게냐? 맞지? 맞지? 맞구나? 아주 떠나는 거지?"

어머니의 눈에 눈물이 차오르기 시작했다.

운정은 고개를 저었다.

"아닙니다. 아예 다시 올 수 없는 곳으로 가는 건 아닙니다. 그러니 너무 걱정하지 마십시오."

"그, 그래?"

"그리고 저 재물은 제가 육음이에게 주는 선물이라고 하지요. 제 친동생이니, 그 아이가 나중에 시집을 가야 할 때 혼수로 해 주시면 좋을 듯 합니다."

어머니는 그제야 운정이 금화를 주었다는 사실을 깨달았다. 미처 생각지 못한 것이다.

그녀는 양 손바닥을 흔들며 말했다.

"아, 아니다. 괜찮다. 아무것도 한 것 없는 내가 저걸 받을 수 없어."

"정작 아무것도 한 것 없는 사람은 접니다. 그러니 더 이상 사양치 마십시오. 제 마음이 괴롭습니다. 정 받을 수 없거든 저를 대신에서 무당에 주십시오."

어머니는 다시금 거절하려다가 곧 허탈한 미소를 지으며 말했다.

"그래, 알았다. 고맙구나. 귀한 곳에 사용하도록 하마."

"······."

운정이 고개를 끄덕였다.

이후 어색한 분위기가 흐르는 가운데, 어머니가 운정의 팔을 잡더니 말했다.

"바, 밥은? 밥은 먹었느냐?"

"죄송하지만 바로 가 봐야 할 듯합니다."

팔을 잡은 어머니의 손에서 힘이 빠졌다.

"그, 그래? 그렇구나, 바쁘겠지. 수련에 매진하느라. 그, 그래. 더 시간 빼앗지 않으마."

운정이 포권을 취하고 떠나려는데, 어머니가 뭔가 떠올랐는지 다급히 말했다.

"자, 잠깐만, 첫째야."

운정이 말했다.

"예. 말씀하십시오."

어머니는 잠시 뜸을 들이다가 말했다.

"내가 네게 명(名)을 주지 못한 것이 마음에 걸려 그러는데 혹 자(字)는 내가 지어 줘도 되겠느냐? 관혼상제(冠婚喪祭)의 처음은 마땅히 부모가 해 줘야 하지 않겠느냐?"

운정은 옅은 미소를 지었다.

"전 더 이상 공과율에 얽매이지 않으니, 상관없습니다. 지어 주십시오."

어머니는 환하게 웃었다.

"그래? 다행이다. 내가 멋진 자를 생각해 놓을 테니, 삼 년 뒤에 다시 오거라."

"……."

"아, 아 참. 이 년 뒤가 되겠구나. 호호호, 내 정신 좀 봐."

어머니가 민망함에 웃음을 흘렸지만, 운정의 표정은 굳은 채로 퍼지질 않았다.

어머니는 뭔가 이상함을 눈치채고 웃음을 거뒀는데, 운정이 나지막하게 물었다.

"이 년 뒤라니요. 설마 제가 아직 성년이 되지 않았다는 말입니까?"

어머니는 잠시 생각하더니 고개를 느릿하게 끄덕였다.

"이양이가 올해로 열넷이고, 네가 이양이보다 네 살이 많으니, 올해로 열여덟이 아니더냐? 그러니 이 년 뒤에 성인이 되지."

"……."

어머니는 가만히 있는 운정의 어깨를 툭툭 쳐 주며 말했다.

"하지만 이리도 늠름하게 자란 것을 보면, 무당산의 물과 공기가 정말 좋기는 한가 보구나! 호호호."

운정은 처음 이양이를 보았을 때가 기억이 났다.

너무 왜소해서 삼양이라 착각했었다.

하지만 이제 보니 이양이는 열 넷에 딱 어울렸다.

그가 스물 언저리라고 생각했던 자신이 잘못 생각했었던 것이다.

운정은 나지막하게 중얼거렸다.

"낙선향에서 보낸 시간이 고작 팔 년이었다니… 하기야. 시간의 흐름을 제대로 알 수 있는 곳이 아니었지."

어머니는 운정의 눈치를 살피더니 말했다.

"괘, 괜찮으냐?"

운정은 애써 웃으며 어머니에게 말했다.

"소자는 이제 정말로 가 봐야 할 것 같습니다. 다른 가족들도 보고 싶지만, 아쉽게도 어렵겠군요. 이 년 뒤에… 성년이 되면 꼭 찾아뵙겠습니다."

"그래, 그러려무나."

운정은 다시금 공손하게 포권을 취한 뒤에, 몸을 돌렸다.

어머니는 운정이 점이 되어 사라지는 것을 보며, 참았던 눈물을 흘렸다.

운정은 낙양으로 치달렸다.

그 와중에도 생각이 복잡해졌다.

그것이 싫어서 더욱더 몸을 채찍질하여 경공에 온 힘을 쏟았다.

그랬더니 불과 세 시진 반 만에 700리를 돌파하여 낙양에 있는 카이랄의 동굴 앞에 도착할 수 있었다.

서쪽 하늘을 보니, 노을이 사라지고 남은 어둠이 가득했다.

스페라와 조령령과 약속한 시간까지 적어도 네 시진은 남은 것 같다.

운정의 눈에 문득 한 곳이 보였다.

그곳은 목적을 잃은 카이랄이 앉아서 썩고 있었던 곳이었다.

아직도 그가 머릿속에서 생생하다.

운정은 천천히 걸어가서, 카이랄이 앉아 있었던 모습 그대로 앉았다.

심신이 너무나 고단하다.

열여덟.

열여덟이라.

운정은 웃음과 눈물이 동시에 나오는 것을 느꼈다.

스스로 지금까지 적어도 스물은 넘는다 생각했었다.

사람들과 교류하면서는 자연스레 이십 대 중반은 되지 않을까 했다.

하지만 이제 보니 소청아보다도 어리지 않은가?

열여덟이면 정채린이나 시아스보다, 아이시리스와 제갈극에 더 가까운 나이다.

운정은 웃으면서 손을 들어 눈물을 닦았다.

"카이랄, 나 열여덟이래. 열여덟. 하하하, 백 년도 넘게 산 너에 비하면 이제 막 태어난 갓난아기겠지?"

그는 자리에 벌러덩 누웠다.

그리고 넓은 밤하늘을 올려다보았다.

이대로 잠을 좀 자도 약속한 시간엔 늦지 않을 것이다.

운정은 눈을 감았다.

그리고 깊은 미소를 지었다.

"그러니까, 좀 실수해도 되잖아? 안 그래?"

서늘한 바람이 불어 그의 몸을 씻겼다.

그는 태어나서 처음으로 느끼는 그 감정에 몸을 맡겼다.

"하아, 나도 참 불쌍해. 이 나이에 개파조사라니."

자기 연민.

그것은 매우 어리석은 것이라 가르쳤던 사부님의 가르침이 문득 머리를 스쳐 지나갔다.

운정은 슬쩍 눈을 뜨고 밤하늘을 힐긋 올려다보았다.

수많은 별들이 흩뿌려져 있었다.

별들이 이어져서 사부님의 얼굴이 절로 그려지는 것 같았다.

사부님은 그를 포근한 눈길로 내려다보고 있었다.

크게 혼내는 것 같지는 않다.

운정 미소 지은 채, 그 부드러운 눈길을 이불 삼아 몸을 따뜻하게 덮었다.

그는 더욱 편안한 표정으로 눈을 감았다.

　　　　*　　　　　*　　　　　*

　운정이 눈을 부스스 떴다.

　큰 달과 수많은 별들이 가득한 중원의 밤하늘은 그에게 너무나 익숙한 것이다.

　그러나 꿈의 잔상들이 한동안 눈앞에 아른거리며, 그 익숙함을 앗아갔다.

　한참 동안이나 눈을 껌벅이며 주변을 둘러보고 나서야 현실감이 돌아왔다.

　그는 자리에서 일어나 풍부한 대자연의 기운을 한껏 들이마셨다. 그리고 내부를 다스리면서 몸을 일깨웠다.

　"흐음, 많이 지나봤자 한 시진? 아직 시간이 많이 남았어. 그렇다면 다녀와도 되겠지?"

　운정은 동굴 쪽을 한 번 보고는 곧 몸을 일으켰다.

　그리고 제운종을 펼쳐서 천마신교 낙양본부로 향했다.

　나지오에게 묻고 싶은 것이 있었기 때문이다.

　천마신교 낙양본부.

　새벽임에도 본부 안을 돌아다니는 마인들이 많았다.

　운정은 천천히 걸어서 나지오가 있는 태룡전에 도착했다.

　조금은 시끄러워진 것이 나지오 외의 다른 사람들도 있는 듯했다.

그가 슬쩍 얼굴을 비추니, 나지오가 냉큼 그를 알아보고 말했다.

"운정 도사! 아니지, 운 장로 아니야! 가족은 잘 보고 왔어?"

다른 이들도 모두 운정을 보았다.

술자리에는 총 세 명이 있었는데, 나지오와 혈적현 그리고 지화추였다. 신균은 어디로 갔는지 보이지 않았다.

운정이 포권을 취하며 말했다.

"예, 인사드리고 왔습니다. 잠깐 시간이 남는데, 함께해도 되겠습니까?"

"그럼, 그럼."

나지오는 옆으로 움직여서 자리를 마련해 주었다.

운정이 그쪽으로 가서 앉았다.

혈적현은 운정을 바라보며 조용히 술을 한 번 마시고는 말했다.

"아직 떠나지 않았나?"

그 질문에는 묘한 뜻이 섞여 있었다.

입교한지 두세 달밖에 되지 않은 백도 출신의 운정이 순탄하게 대장로로 임명될 수 있었던 까닭은 딱 두 가지. 임시직이라는 것과 중원을 떠나 있다는 점이었다. 만약 둘 중 하나라도 어긴다면 즉각적인 반발이 일어날 것이다.

혈적현은 둘 중 후자의 경우를 염려한 것이다.

운정은 그 마음을 이해하곤 대답했다.

"오늘 해가 뜨기 전에 갈 겁니다. 너무 심려 마십시오."

그 말에 나지오가 혈적현에게 말했다.

"그러고 보니까, 맞아. 교주한테 묻고 싶었었는데, 전보다 차원이동이 수월해진거야? 원래는 한 번 할 때마다 교 전체가 시끌벅적했었잖아? 그런데 운정이 이계로 떠나는 건 균이도 모르던데?"

혈적현이 말했다.

"태극마선이 델라이에서 맺은 인연을 통해서 가능케 되었다고 한다. 이번 차원이동은 델라이와 천마신교간의 정식 교류가 아니야. 정식으로 천마신교의 대사를 파견하는 건 태극마선이 이계에서 신무당파를 개파하고 나서다. 이에 관해선 태극마선도 동의했다."

나지오는 턱을 쓸더니 운정에게 말했다.

"그래? 흐음, 그럼 이계지부가 아니고 좀 더 독립적인 거야? 조금 위험하지 않겠어?"

"이미 선례가 있다. 천살가가 독립해서 혈교가 되었지. 이와 같은 수순을 밟을 것이다."

"오? 그러네? 꽤나 머리 좀 썼는걸! 물론 그 진마교? 그 친구들이 가만히 있을지는 모르겠지만."

"그들 입장에서도 반길 만한 일이다. 껄끄러운 백도 출신인 운정이 사라져 주니까. 아시다시피 이미 백도 출신 입신고수가 부교주로 있는 상황이라 꽤나 부담스럽거든."

나지오는 피식 웃었다.

"그렇겠지. 아, 어떻게 하나? 내가 아니라 월려가 왔어야 하는데. 아쉽게 됐어 참, 큭큭큭."

혈적현이 화제를 돌렸다.

"그래서 말인데, 그 이후에는 어떻게 되었지? 월려는 만난 건가?"

나지오는 얼굴을 찌푸리며 고개를 저었다.

"됐어, 기억하고 싶지 않은 지옥 이야기는 그만하자고. 술맛 떨어지니까."

보아하니, 운정이 오기 전까지 지옥 이야기를 하던 것 같았다.

그때까지 가만히 있던 지화추가 혈적현에게 말했다.

"교주님, 지옥에 관한 정보를 얻는 것이 아니라면 제가 이곳에 있을 필요가 없습니다. 일이 많아서 이만 물러가 봐도 되겠습니까?"

혈적현이 고개를 끄덕였다. 그러자 지화추는 자리에서 일어났다.

그가 떠나기 전에 운정에게 말했다.

"너무 급히 떠나시는 것이 아닌가 합니다. 여기서 마무리되지 않은 일들이 있는 걸로 아는데."

"큰 걱정 마십시오. 때가 되면 돌아올 수 있으니."

지화추는 물끄러미 운정을 보다가 포권을 취한 뒤에, 태룡전을 떠났다.

　나지오는 그의 뒷모습을 보더니 툭하니 말했다.

　"밥맛 떨어지게 쟤는 왜 데리고 왔어?"

　혈적현은 빈 술잔에 술을 따르면서 말했다.

　"그가 부교주와 대면하고 싶다고 몇 번을 이야기해도 답을 안 줬다며? 내가 만나러 간다는 걸 어떻게 알았는지, 교주전 앞에서 날 기다리다가 자기도 꼭 데려가 달라고 부탁했다."

　"눈치 없는 놈. 교주도 그래, 그걸 또 그대로 데려와?"

　"지옥에 관한 정보는 마조대에서 관심을 가질 만하지."

　"참 나."

　나지오는 술잔을 들어서 다시금 술을 들이켰다.

　혈적현은 운정을 보면서 말했다.

　"듣자 하니, 박소을과 조우했다는데 사실이오?"

　"크흡!"

　나지오의 입에서 술이 뿜어졌다. 덕분에 그는 상의가 모두 젖었지만, 그에 아랑곳하지 않고 큰소리로 말했다.

　"뭔 소리야? 박소을이라니?"

　보아하니, 나지오는 박소을이 돌아왔다는 사실을 모르는 듯했다.

　혈적현이 태연하게 고개를 돌리며 말했다.

"지화추 단장이 보고했다. 운정이 박소을을 청룡궁의 손으로부터 구해 냈다고."

나지오는 어이없는 표정을 짓다가 말했다.

"뭐야? 그게 무슨 소리야? 지화추 어디 갔어? 당장 불러와야겠다. 직접 들어야겠어."

혈적현은 크게 한번 웃더니 말했다.

"하하하! 부교주가 지화추 단장의 성격을 잘 모르는군. 부교주가 지 단장을 불편해한다는 걸 그리 티 냈으니, 아마 지 단장의 성격상 부교주가 원하는 걸 절대로 말해 주지 않을 것이다. 지옥 이야기가 끝나자마나 훌쩍 떠난 걸 보면 답이 나오지."

"……."

"그러니 박소을에 관해서는 나와 태극마선에게 들어야 할 것이다."

나지오는 어이없다는 듯 표정을 짓다가 운정에게 말했다.

"그래, 그래. 그러면 되지, 뭐. 이야기 좀 해 봐 봐. 박소을이 왜 갑자기 튀어나와?"

운정은 잠시 뜸을 들이다가 문득 물었다.

"지금 시각이 어떻게 됩니까?"

혈적현이 대답했다.

"묘시 초다."

아직 여유가 있다.

운정은 고개를 한 번 끄덕이더니, 이야기를 시작했다. 은허 지하에서 박소을을 만난 일부터 안양지소에 시체들이 모두 피가 빨려 있었던 일까지.

그가 다 말하자, 혈적현이 말했다.

"이후에 지 단장이 그를 찾아냈다. 그와 말을 해 본 결과, 그가 바라는 것은 딱 한 가지. 자기 고향으로 돌아가는 것이라고 했다. 그 외에는 아무런 관심도 없다고 했어."

나지오는 눈을 게슴츠레 떴다.

"고향? 갑자기? 그 인간이 뭔 바람이 불어서? 아니야, 분명 무슨 꿍꿍이가 있을 거야. 암투 하나는 중원 제일이며, 용안 심공까지 익힌 피월려도 그 인간 속내는 못 봤잖아?"

혈적현이 대답했다.

"그야 속이 없었으니까."

"뭐?"

"그의 목적은 언제나 모호했지. 무슨 생각을 하는지 아무도 몰랐어. 그가 뭘 추구하는지, 뭘 이루고 싶어 하는지, 행동에 도무지 일관성이란 게 없었으니까. 그리고 그 이유는 그에겐 정말로 목적이 없었기 때문이다."

"……"

"미내로가 박소을을 다룬 방법은 천재적이었다. 그의 자의 식을 최대한 깨워 놓고 그가 자신의 의지로 움직이게 두었어.

다만 그 마음속에서 생각의 방향을 정해 놓았을 뿐이지. 물론 그 덕분에 미내로가 진설린을 새로운 패밀리어로 받아들이는 와중에, 박소을이 조금씩 제정신을 차리게 되었지만."

나지오는 이미 대강 알고 있었다.

다만 여전히 피부로 와닿지 않았다.

다시 들어도 뜬구름 잡는 소리 같았다.

낙양지부에서 직접 경험한 박소을은 엄연히 살아 있는 인간이었으니까.

정말 누구보다도 살아 있었다.

나지오는 고개를 마구 흔들었다.

"모르겠다, 모르겠어. 그 인간이라면, 우리가 이렇게 알고 있는 것도 다 그놈 계획인 거 같은 생각이 들어. 아무튼 그래서 고향으로 가고 싶다? 그건 자기가 있었던 원래 차원을 말하는 거지? 왜, 언젠가 그렇게 말했던 거 같은데?"

"맞다, 박소을이 내게 기계 공학을 가르쳐 주면서 몇 번 언급했었지."

나지오는 머리를 긁적거리다가 운정을 보면서 말했다.

"태극마선, 네가 말해 봐. 네가 봤을 땐 박소을이 어떤 거 같아?"

운정은 그가 생각하는 대로 말했다.

"지친 노인 같았습니다. 모든 것에. 삶에."

"……."

"……."

그 말 한마디에 나지오와 혈적현의 눈빛이 낮게 가라앉았다.

운정은 빈 술잔 하나에 술을 조금 따라 씻어 내고는 다시 새로운 술을 따라서 한 잔 마셨다.

그리곤 나지오에게 말했다.

"죄송하지만, 저도 부교주님께 묻고 싶은 것이 있습니다. 사실 그 이유 때문에 들른 겁니다."

나지오는 상념에서 깨어나며 운정에게 말했다.

"어, 물어봐."

운정은 전에 생각해 두었던 말을 꺼냈다.

"무림맹과 천마신교 간의 갈등 사이에서, 전 답을 찾을 수 없었습니다. 그래서 결국 내놓은 답이 압도적인 힘의 차이로 굴복시키는 것이었습니다. 하지만 그것은 진정으로 사람의 마음을 굴복시킬 수 없습니다. 오로지 예방책에 불과하지요."

"그야, 그렇지."

"그런데 나 부교주님께서는 등장하시고 몇 마디 하시는 것만으로도 그 분란을 해결하셨습니다. 어떻게 그것이 가능했는지 그걸 알고 싶습니다. 힘 외에 다른 무언가로 보입니다만, 그것이 무엇인지 확실히 알고자 합니다."

그 말에 혈적현과 나지오가 눈을 동그랗게 뜨고는 시선을 마주쳤다.

그리고 그 둘은 동시에 웃음을 터트렸다.

"크하하! 크하하!"

"하하하! 하하!"

둘이 한참을 웃더니 곧 술을 주고받았다.

운정이 조용히 기다리자, 나지오가 웃음을 멈추곤 그를 보며 말했다.

"아, 기분 나빠 하지는 마. 하하, 너무 뜬금없는 질문이라 웃은 것이니까. 하하. 그런데 참 태극마선은 말이야… 이걸 뭐라고 해야 할까? 진짜 도사 같다고 해야 하나? 흐음. 내가 본 도사들 중에 제일 도사 같은 거 같아. 하하하."

"그렇습니까?"

나지오는 시익 웃더니 턱을 한 번 쓸면서 말했다.

"흐음, 답을 주자면… 글쎄. 조금 어렵네. 위압감이겠지? 아무래도?"

"위압감?"

나지오는 손가락 하나를 뻗으며 더 설명했다.

"그러니까. 운정 도사를 보면 진짜 도사 같아서. 왠지 파리새끼 하나 못 죽일 거 같단 말이야. 안 그래, 교주?"

혈적현이 힐긋 운정을 보더니 짧게 말했다.

"확실히."

나지오는 고개를 한 번 끄덕이더니 운정에게 다시 말했다.

"운정 도사가 강한 건 잘 알겠어. 그냥 눈빛이나 기세만 봐도 알겠단 말이지. 하지만 그 강함이 주는 압박감이 없어. 마치 뭐랄까? 순풍과도 같다고 할까? 산 전체를 뒤덮은 그 웅장함은 알겠는데, 거기에 내가 다치고 그럴 것 같지는 않거든."

"……"

운정이 말을 하지 않자, 나지오의 눈빛이 순간 차갑게 빛났다.

그가 운정을 향해 고개를 슬쩍 내밀고 느릿하게 말했다.

"누군가를 죽이려 할 때는 있잖아? 진짜 죽일 것처럼 해야 해. 저 칼에 내 목이 베이겠다 싶은 생각이 들게 해야 한단 말이야."

운정이 물었다.

"어떻게 하면 그렇게 할 수 있습니까?"

나지오는 팔을 뒤로 뻗어 기둥 삼아 몸을 기댄 뒤 고개를 살짝 들고 말했다.

"까놓고 물어볼게. 너 사람 몇 명이나 죽여 봤어? 정당방위니 뭐니 그런 거 빼고, 진짜 악의를 품고 죽인 거 말이야."

"그 둘을 정확히 어떻게 구분할 수 있겠습니까? 정당방위여도 악의를 품을 수 있고, 악의를 품지 않았어도……."

혈적현이 답답하다는 듯 그 말을 잘랐다.

"부교주 말은 진짜 죽이고 싶어서 죽인 사람이 몇 명이나 되느냐는 소리이오."

죽이고 싶어서 죽였다?

즉시 떠오르는 한 명이 있었다.

"한 번입니다."

나지오는 피식 웃었다.

"그래도 다행히 한 번은 있네. 그거 생각해, 그거. 앞으로 누군가의 마음을 꺾고 싶다면 말이야."

"……."

그는 손가락을 들어서 하늘을 가리켰다.

"하늘이 하늘인 이유는 그 절대적인 강함에도 있겠지만, 그 한없는 무정함에도 있지. 강하고 무정하니, 하늘인 거야."

第八十七章

"늦진 않았겠지."

해가 뜨기 직전, 태룡전을 떠난 운정은 카이랄 동굴 앞에 도착했다.

그는 즉시 안으로 들어섰다.

안은 무수히 많은 휘장이 겹쳐 있어 버섯 같았다.

그곳을 한참을 걷다 보니 곧 중앙공간에 도착할 수 있었다.

바르쿠으르의 도움으로 세운 카이랄 나무는 중원으로부터 흘러들어 오는 대자연의 기운을 모아 네 갈래로 나눈다. 운정은 그 네 곳 중 세 곳에서 마나의 파동을 느꼈다. 세 개의 HDMMC가 사용되고 있는 듯했다.

운정이 더 가까이 가니, 의자에 비스듬히 누워서 따분한 표정을 짓고 있는 스페라가 보였다. 의자는 뒤로 떨어질 듯 말듯 기우뚱한 채로 공중에 고정되어 있었다.

그녀는 멀리서 오는 운정을 발견하고 말했다.

"늦진 않았네. 솔직히 늦을 줄 알았는데. 갔던 일은 잘 됐어?"

운정이 말했다.

"네. 괜찮았습니다. 다행히 델라이에는 별일이 없나 봅니다."

"웅. 그냥 귀족들끼리 내전만 한참이야."

"내전이 있으면 별일이 없는 건 아니지 않습니까?"

"그건 나랑 상관없는 거고. 델라이 외부는 조용하니까. 제국도 그 드래곤 이후로는 별 조짐이 없어 보이고."

"……."

"알잖아? 머혼이 귀족들 간의 내전을 허락하면서 외부의 침략은 모두 막아 주겠다고 신신당부한 거. 너랑 내가 다 막아야 해. 뭐, 그나마 지원이 있다면 마법부와 흑기사 정도?"

운정은 스페라 앞에 서더니 말했다.

"생각해 보니 머혼 백작께서 당시 뭘 믿고 그런 말을 했는지 모르겠습니다."

스페라도 피식 웃으며 말했다.

"그러니까. 대단한 사람이야. 지금 생각해 보면, 진짜 도박이었거든. 머혼이 귀족들로부터 보호권을 달라고 했을 때, 반대하는 사람이 훨씬 많았어 봐. 그러면 진짜 그냥 거기서 끝이거든. 근데 다행이도 다수가 머혼의 편에 섰지. 그래서 귀족 간의 전쟁도 허락할 수 있었어. 수적으로 유리한 머혼파가 이길 게 뻔하니까."

"……."

"실제로 지금 그렇게 되고 있어. 애초에 쪽수가 두 배잖아? 머혼파에 섰던 귀족들이 90%는 이기고 있지. 게다가 지고 있는 10%에도 머혼이 은근히 흑기사를 빌려주고 있다고. 왜, 그 무공을 익히게 된 애들 말이야. 시범으로다가 써먹고 있지."

그녀는 혈적현과 논의 끝에, 공간마법과 공간마법진에 관한 마법 지식을 넘기고 혈마석과 마공을 받았다. 그렇게 받은 혈마석과 마공은 흑기사에게 전달되었다.

마공은 그 원리가 직관적이고 수법이 노골적이어서, 머리가 나빠도 충분히 배울 수 있으며 원래 오성이 남다른 자라면 더욱 빠르게 배울 수 있다. 당시 제갈극은 혈마석을 통해 마공을 배우는 건, 평범한 기사라도 한 달 정도 걸릴 것이고, 아무리 늦어도 석 달 이내로 가능하다 했다.

흑기사단은 델라이를 넘어서 파인랜드 최고의 기사단이다.

다시 말하자면, 그곳에 속한 흑기사들은 파인랜드 전체에서 손꼽히는 오성을 지닌 자들이라는 것이다.

운정이 말했다.

"7일 전에 교주전에서 논의를 했었지요. 그때로부터 이틀 뒤에 파인랜드로 돌아가셨으니, 혈마석을 지급받은 흑기사가 마공을 익힌 건 나흘 닷새 내외였을 겁니다. 아무리 마공이 익히기 쉽다 해도, 그 정도로 빠른 시간 안에 익혔다면, 그들은 정공을 익혀도 충분히 대성할 무인들입니다. 혈마석이 어떤 부작용이 있을지 모르는데, 그들의 오성이 아깝다는 생각을 지을 수가 없군요."

스페라는 의자 위에 반쯤 누운 채로 팔짱을 꼈다.

"머혼도 비슷한 소리 하더라. 그래서 흑기사 중 자원을 받아서 우선적으로 다섯만 익혔어. 어떻게 되는지 지켜보겠다고. 그런데 그 다섯 중 네 명이 이미 검기를 쏘던데? 나머지 하나도 곧 가능할 것 같다고 하고."

"……"

"아까도 말했다시피 그중 몇 명을 뽑아서 슬쩍 불리한 내전 전장 쪽에 참가시켰거든. 그랬는데, 글쎄 다들 그냥 적을 쓸어버렸다네. 그러니까 머혼도 좀 흔들리나 봐. 그냥 전부 지급해 버릴까 하고."

운정은 고개를 저었다.

"마공이 마공인 이유가 있습니다. 최근에 마공에 대해서 더욱 깊게 알게 되었는데, 들으면 들을수록 사람이 익힐 만한 것이 아니라고 생각했습니다."

"왜? 정공과는 어떤 차이야?"

운정은 신균이 했던 설명을 머릿속으로 정리하며 말했다.

"정공은 무를 최대한 순수하게 받아들이려고 하는 것입니다. 이해가 되지 않으면 지각을 넓혀서 천천히 소화하는 것이지요. 하지만 마공은 그렇지 않습니다. 이해가 안 되면 일단 배제합니다. 그리고 이해가 되는 부분들만 뽑아서 우선 빠르게 소화합니다. 그리고 나중에 행여나 모르는 부분으로 인해서 모순이 생긴다면, 그 모순에 맞춰서 또 다른 개념을 만들어 내어 얼버무려 버리는 겁니다."

"흐음……."

"결국 개념이 꼬리를 물고 물어 더 이상 발전할 수 없게 되거나, 아니면 그 모순들을 해결하고자 집착하다가 미치는 것이지요."

스페라는 팔짱을 풀고는 자신의 지팡이를 만지작거리며 말했다.

"마법이랑 같네."

운정은 그녀를 보았다.

"예?"

스페라는 어깨를 들썩였다.

"마공이랑 마법이랑 같다고. 괜히 한어로 마법(魔法)이라고 하는 게 아니네."

"……"

운정이 이해하지 못한 듯 가만히 그녀를 보자, 스페라가 지팡이를 잡고는 위로 뻗은 채 휙휙 휘둘렀다. 그러자 그녀의 지팡이에서 어떤 마법진이 나타났다.

"이거 뭔지 알겠어?"

운정은 그 그림을 꽤 자주 봤었다.

"공간이동에 관련된 마법진 아닙니까?"

스페라는 웃으며 고개를 끄덕였다.

"맞아. 자, 봐 봐. 이걸 풀어서 보여 줄게."

그녀가 다시금 지팡이를 휘적거리자, 마법진이 해체되기 시작했다. 그러더니 점차 그 속에 숨어있던 공용어가 튀어나오기 시작했는데, 그것은 한마디의 문장이 되었다.

그것은 바로 공간이동에 필요한 주문이었다.

운정이 그것을 보고 나지막하게 읽었다.

"보이드(Void)에 수렴(Converge)된 카오스(Chaos)의 진동(Fluctuation)은 코스모스(Cosmos)의 연속(Continuity)의 장막(Curtain)을 풀어(unwrap)내 공간(Space)내 이산(discrete)성의 경계(Limit)를 발산(Diverge)한다."

스페라는 방긋 웃더니 지팡이를 옆으로 가져가 흔들었다.

그러자 그것에 또 다른 마법진 하나가 만들어지고 곧바로 풀어져 문장이 되었다.

"이건?"

운정은 눈을 모으고 두 번째 문장을 읽었다.

"존재(Existence)의 현실(Reality)은 공간(Space)에 흩어진 (disperse) 장(Field)의 형태(Form)이며, 위치(Position)의 확립 (Establishment)은 관찰(Observation)을 요(Necessity)한다."

스페라는 만족한 표정을 짓더니 지팡이를 안으며 말했다.

"지금껏 수없이 많은 공간주문이 창조되었지만, 지금까지 살아남은 건 이 둘이다. 하나는 텔레포트(Teleport). 하나는 루밍(Rooming)이지. 뭐가 뭔지 맞출 수 있겠어?"

운정은 정팔포체를 직접 눈으로 봄으로 공간의 개념이 확트인 상태였다.

전이라면 몰랐겠지만 지금은 본능적으로 답을 알 수 있었다.

"전자가 텔레포트. 후자가 루밍 아닙니까?"

스페라가 박수를 한번 쳤다.

"맞아. 장거리는 텔레포트, 근거리는 루밍이 유리하지."

운정은 자기도 모르게 덧붙였다.

"가시거리군요. 내 눈으로 보이는 지점이나 아니냐에 따라서 루밍 주문의 난이도가 급격하게 바뀔 것 같습니다. 관찰에 관련된 진리 때문에."

스페라는 진한 웃음을 머금은 두 눈으로 운정을 바라보았다.

"주문을 보고 그것까지 알아내다니, 대단한데?"

운정은 오랜만에 얻는 깨달음을 음미하며 겸손히 대답했다.

"스페라 스승님의 도움이 없었다면 불가능했을 겁니다."

스페라는 피식 웃고는 다시 두 개의 마법진을 바라보며 말했다.

"하지만 공간이동에 관련된 주문이 두 개인 게 이상하지 않아? 이 세상의 진리는 하나잖아? 마법사들이 공간에 대한 이해가 완벽하다면 이렇게 두 개 일리가 없지. 뭔지는 모르지만 이 둘을 합친, 어떤 더 심오한 진리가 숨겨진 주문이 분명히 있을 거란 말이야."

"……"

"내가 막 마법을 배웠을 때만 해도 공간이동에 관련된 주문은 다섯 개였어. 그걸 로스부룩이 공간에 대한 더욱 심오한 이해를 통해서 둘로 줄였는데, 이것 이상으로는 자기도 모르겠다며 포기했었지."

"……"

"모든 마법은 거의 이런 식으로 발전해 왔어. 그런데 듣자 하니, 마공이 이런 거 같아서. 일단 이해하는 것만 이해하고 모르는 건 나중에 생각하는 거지. 모순이 생긴다면 그 모순만 어찌어찌 해결하는 거야."

그 말을 듣고 보니 그녀의 말이 맞았다.

마법과 마공이 그 배움을 추구하는 방도가 너무나 비슷한 것이다.

사실 지금까지 몰랐다는 게 더 이상하다.

운정은 나지막하게 중얼거렸다.

"마법에 대해서 배울 때에, 그 지식은 점점 커지는 것을 느꼈습니다만, 제가 스스로 마법을 펼치기는 너무 어려웠습니다. 그게 단순히 지팡이가 없어서 그런 거라고 생각했는데, 이제는 그 이유를 알겠습니다. 전 마법적 지식에 대해서 정공의 방식대로 오묘하고 신비로운 상대로 두었습니다. 그것이 가장 큰 걸림돌이었던 것 같습니다. 애초에 지식에 대한 것이 제 머리에서 확증되지 않는데, 어떻게 거기에 의지를 담아서 세상에 선포할 수 있겠습니까? 그렇게 생각하면, 마공의 방법 자체가 잘못된 것이 아니군요."

그 말을 듣던 스페라가 손을 입술에 가져갔다.

그리곤 말했다.

"말 나온 김에 지팡이 만들래?"

운정의 눈이 휘둥그레졌다.

"예?"

스페라는 운정을 뚫어지게 바라보며 말했다.

"이게 뭐라고 말해야 될지 모르겠는데… 마법사들이 견습 마법사들을 보면 그냥 아는 게 있거든. 이 친구가 지팡이를 만들 수 있는지 없는지 말이야. 이건 느낌 같은 건데, 왜. 너도 있을 거 아니야? 범인 중에 딱 봐도 고수가 되겠다 안 되겠다 아는 것처럼."

"없지는 않지요."

"그러니까. 방금 뭔가 느낌이 왔어. 너 지팡이 만들어도 될 거 같아. 아니, 만들 수 있을 거야."

지팡이를 만든다는 건 곧 정식으로 마법사가 된다는 뜻이다.

운정은 당황한 표정으로 말했다.

"제가 마법을 쓴다는 게 조금… 어색합니다."

스페라는 자리에서 벌떡 일어났다. 그리곤 운정의 코앞까지 얼굴을 들이밀었다.

그리곤 그의 얼굴을 이리저리 훑어보았다. 그러더니 몇 번이고 고개를 마구 끄덕이면서 말했다.

"아냐, 너 만들 수 있어. 네 몸에서… 아니, 몸도 아니고 뭐라 해야 하나? 아무튼 영혼? 그래, 영혼 속에 마나가 착 하고 가라앉아 있어. 응? 그 왜 퇴적물이 강바닥에 가라앉듯 말이야. 뭔 말인지 알아?"

"……."

"아무튼, 흐음. 지팡이를 만들자. 공간 마법만 아티팩트에 담아서 속성으로 알려 주려고 했는데, 지팡이만 있으면 속성으로 가르쳐 줄 필요는 없겠지. 그냥 정식으로 배우자고."

"우와! 정말로요? 이제 진짜 제자가 되는 거네요."

그때 한쪽 버섯에서 어린 여자아이 목소리가 들렸다.

아이시리스는 반짝이는 눈으로 운정을 바라보았는데, 그녀 뒤로 조령령이 불쑥 튀어나왔다.

"雲靜(운정)!"

조령령은 운정에게 달려왔고, 아이시리스도 이내 곧 그에게 다가왔다.

조령령은 푹 하니 운정에게 안겨 왔다.

백여 명의 낭인들을 통솔하며 무거운 륜으로 공격해 오던 그 여인이 어쩌다 이렇게 소녀가 됐는지.

운정은 조령령을 안아 주면서 아이시리스를 보았는데, 아이시리스가 입술만 움직여서 말했다.

[귀찮아요.]

운정이 손을 뻗어서, 아이시리스의 머리에 얹었다. 아이시리스는 살짝 움츠러들었지만, 그렇다고 몸을 빼진 않았다.

운정은 그녀의 머리를 쓰다듬으며 말했다.

"고마워. 미리 말도 못 했는데."

아이시리스는 가만히 있다가 툭하니 말했다.

"뭐, 재미가 아주 없진 않으니까."

그때, 조령령이 고개를 팍 위로 들고는 말했다.

"很好!(너무 좋아!)"

운정이 따스한 눈길로 그녀를 내려다보며 말했다.

"是嗎?(그래?)"

조령령은 고개를 연신 끄덕이더니 말했다.

"我聽不到我父親! 我有個新朋友! 建築物很漂亮! (아버지 말도 안 들리고! 친구도 생겼고! 건물들도 너무 예쁘고!)"

다행히도 그녀에겐 이계가 잘 맞는 것 같았다.

아니, 애초에 그녀의 입장에선 청룡궁을 제외한 모든 곳이 이계일 것이다.

파인랜드나 중원이나, 그녀에겐 어차피 낯선 곳.

그리고 그것은 운정 역시 마찬가지다.

운정은 왜 자신이 그녀에게 동질감을 느꼈는지 알 것 같았다.

운정이 아이시리스에게 물었다.

"령령이와는 어떻게 만나게 되었고, 또 이곳에는 어떻게 오게 되었습니까?"

그녀의 질문에 조령령이 눈을 동그랗게 뜨고 운정을 올려다 보았다.

운정이 한 공용어가 무슨 뜻인지는 몰라 눈치를 살피는 듯 했다.

아이시리스가 대답했다.

"스페라 스승님께서 갑자기 제 앞에 데려왔어요. 제 이름을 이미 알고 있었다는데, 운정 도사님이 알려 주신 거 아니에 요?"

운정은 고개를 끄덕이더니 조령령의 머리를 쓰다듬었다.

"한 번 언급했을 뿐인데, 그걸 용케 기억하고 있었군요. 본 의 아니게 아이시리스 사저에게 폐를 끼쳤군요. 비슷한 또래 이고 또 한어를 하실 수 있으니, 좋은 친구가 되리라 막연히 생각했습니다."

조령령은 눈을 게슴츠레 뜨고 둘 사이를 번갈아 보았다.

아이시리스가 눈초리를 확 모았다.

"사저라고 하지 좀 마세요. 징그러워요."

"하하하."

운정이 웃자 그의 아래 있던 조령령이 뚱한 표정을 짓더니 운정의 옷자락을 잡았다. 그리곤 그를 올려다보며 말했다.

"你因為我而笑對吧?(나 때문에 웃는 거야?)"

운정은 고개를 저어 보였다.

아이시리스가 말했다.

"아무튼, 저택에서 같이 있으면 되는 거죠?"

운정은 고개를 끄덕였다.

"그렇게 해 주신다면 정말 감사합니다. 제가 항상 데리고 다니기에는 어려움이 있습니다."

아이시리스는 살짝 미소 지으며 말했다.

"대신 나도 여기 HDMMC좀 쓸게요. 그리고 뭐, 이것저것 나중에 더 필요한 거 있으면 말씀 드릴 거고. 괜찮겠죠, 운정 도사님?"

"……."

"뭐, 령령이는 재밌는 친구니까 같이 노는 게 저도 크게 어렵지 않아요. 너무 제게 미안해하지 않으셔도 되요."

아이시리스는 그렇게 말한 뒤에, 조령령에게 다가왔다. 그리고 조령령의 귓가에 대고 몇 마디를 하자, 조령령이 재밌다는 듯 웃더니, 운정에게서 멀어졌다.

그들은 한쪽에 섰고, 아이시리스는 공중에서 지팡이를 꺼냈다. 그러더니 공간이동 주문을 시전해서 갑자기 사라졌다.

두 소녀는 마지막까지 장난기가 가득한 표정으로 운정을 바라봤다.

스페라가 말했다.

"먼저 말 안 한 건 미안해. 엄밀히 말하면 아이시리스가 카이랄에 올 자격은 없지만, 그래도 조령령과 같이 있어 줄 애가 개밖에 없긴 하잖아? 자기 언니한테서 들었는지, 조건으로 HDMMC 하나를 요구해서… 어쩔 수 없었어."

운정은 고개를 저었다.

"아닙니다. 오히려 제가 먼저 말하지 않았는걸요, 뭘."

그 말에 스페라 나지막하게 물었다.

"그런데 저 스파르토이는 왜 파인랜드로 데려온 거야? 충동적으로 그런 것 같은데?"

운정은 정리된 자신의 마음을 한 번 더 정리한 뒤 말했다.

"저 아이의 처지가 저와 비슷하여 동질감을 느꼈습니다. 비록 전 집을 잃어버린 것이고, 저 아이는 쫓겨난 것이지만, 머물 곳이 없는 것은 매한가지였죠."

"이젠 넌 머물 곳이 있잖아."

"그렇습니다. 그리고 그 일을 마저 끝내기 위해서 온 것이기도 하고요."

스페라는 맑은 미소를 짓더니 찌뿌둥한 몸을 폈다.

"그렇지. 나도 마찬가지고."

운정이 따스한 미소로 그녀를 마주 보다가 말했다.

"머혼 섭정에게 말해서 델라이에 정식으로 신무당파를 개파할 생각입니다."

"그럼 이젠 제자들도 공개적으로 받을 거야?"

운정은 고개를 끄덕였다.

"전에 제게 해 주신 말씀에 대해서 고민이 많았습니다. 신무당파의 목적을 달성하기 위해서는 그 구성이 개방적인 문파와 일인전승 비밀문파의 중간 형태로 가는 것이 좋을 듯합니다."

"신무당파의 구성을 구체적으로 잡았구나?"

운정은 스페라 쪽으로 걸어와서 말했다.

"혹 필기도구를 빌려도 되겠습니까?"

스페라는 공중에 지팡이를 살짝 휘적거렸다. 그러자 공중에서 펜과 잉크 그리고 종이가 튀어나왔다.

운정은 탁자 위에 넓게 종이를 펴고는 그 위에 펜과 잉크로 그림을 그리며 설명했다.

"기존 무당파에는 속가제자와 정식제자가 있었습니다. 신무당파도 그 제도를 그대로 채용하되, 정식제자의 존재를 좀 더 비밀스럽게 가져갈 예정입니다."

스페라는 운정이 바라는 것이 단순히 그의 생각을 듣는 것이 아님을 알았다. 그의 이야기를 듣고 혹시 모를 문제점을 봐주길 바라는 것이다.

그녀는 최대한 비판적으로 생각하리라 마음을 먹고 운정에게 말했다.

"흐음, 일단 그 구분은 어떻게 할 거야?"

"무공을 익히면서도 모든 생명의 공존을 추구한다는 신무당파의 목적을 받아들이는 자가 있을 것이고 받아들이지 않는 자가 있을 것입니다. 때문에 그 목적에 동의하고 맹세하는 이들만을 정식제자로 받아들일 생각입니다."

"거짓으로 동의하고 맹세하면?"

"그렇다면 그 사람의 무공은 더 이상 성장하지 못할 것입니다. 아니, 오히려 퇴보할 것입니다. 왜냐하면 정공은, 기존 무당파의 내공심법의 공과율처럼, 설정된 '선의 기준'에 부합하지 않는다면, 그 힘을 잃어버리게 마련이기 때문입니다."

"아하, 전에 말했던 그 죄책감 때문이지? 그게 마가 되는 것이고."

"그렇습니다."

"다시 말하자면, 무당파의 공과율을 신무당파에서는 모든 생명의 공존을 추구하는 사상으로 대체하는 것이네?"

운정은 고개를 끄덕이며 더 설명했다.

"그렇습니다. 다만 공과율에는 구체적인 행동 방식이 정해져 있습니다. 각각의 선행과 악행에 점수를 매기기 때문입니다. 하지만 이는 마음의 선악을 떠나 행동만 맞춰서 따르게 하여, 필연적으로 모순을 낳게 되고 그것은 곧 위선으로 치닫게 됩니다."

"그렇지."

"저 또한 이 문제에 대해서 자유롭지 않습니다. 무당파의 사고방식 안에서 교육을 받았으니까요. 이로부터 위선이 나오니, 다음 세대부터라도 더더욱 벗어 버려야 합니다."

"어떤 식으로?"

"여기서 속가제자와 정식제자의 차이가 분명하게 나타납니다. 정식제자들은 모두 투표권을 가집니다. 그리고 모든 생명의 공존을 위한다는 목적 아래 이뤄질 모든 행동에 대해서 찬반을 투표하여, 이를 신무당파의 행동 방식으로 삼을지 말지를 결정하는 것입니다."

"흐음, 그러니까, 공과율처럼 처음부터 정해 놓는 게 아니라, 그때그때 고민하고 투표해서 결정한다는 거잖아?"

운정이 말했다.

"이를테면, 어느 국가에서 약자를 탄압한다고 합시다. 그럴 때 그 국가에 신무당파가 적극적으로 개입할지 말지에 대해서, 또한 그 일은 어떻게 처리할지에 대해서 서로 의논하고 행동방식을 정하는 것이지요."

"민주주의적인 방법을 택하는 것이네? 중원의 문파라고 하기도 어려운 걸?"

"델라이의 제도에서 착안했습니다."

"그럼 신무당파의 장문인이나 장로들은? 정식제자랑 똑같은 권력을 가진다면 그런 자리를 만들 필요도 없을 것 같은데?"

"제 생각에는 그들에겐 안건을 상정할 수 있는 권한을 주면 될 듯합니다."

"아, 정식제자들을 투표만 할 수 있고?"

"예. 그리고 장로의 조건은 정식제자 중 가장 오래된 5인에서 10인이면 될 듯합니다."

"숫자 딱 정해 놓는 건 반대. 정식제자 인원수에 비례해서 다섯 명당 한 명 혹은 열 명당 한 명. 뭐, 이런 게 좋을 거 같은데? 그래야 편하지 않겠어?"

"그렇죠. 나중에 더 커질 수 있을 테니까요."

"숫자는 네가 정해. 다섯이든 열이든. 그 자체는 크게 중요할 것 같지 않아."

운정은 잠시 생각하더니 말했다.

"현 신무당파의 인원은 저와, 시르퀸, 우화, 시아스입니다."

"조령령은? 제자로 받지 않았지만, 받을 생각은 아니었어?"

"그럴 생각까진 없었습니다. 그저……."

"그저, 뭐? 그냥 옆에만 두려고? 대책 없는 소리 말고, 걔도 신무당파에 받아들여. 무공을 못 익히면 신무당파에 들어오지 못하는 거야? 신무당파의 도를 지키기 위해서 맹세하고 또 그걸 지켜나갈 수 있는 힘이 있으면 그만이지. 그 아이, 약하진 않던데?"

"……"

"그리고 아이시리스도 마찬가지야. 네 충동적인 결정으로 인해서 그 아이까지 신무당파와 연관되게 되었어. 네가 하는 행동들이 후대에 선례가 된다는 걸 생각하면, 애매한 상태로 두지 않았으면 해."

운정은 잠시 고민하더니 말했다.

"무당파에도 객원장로가 있었고, 또 식객이 있었습니다. 이를 신무당파에도 적용해서 신무당파와 우의를 가지되 그 일원은 아닌 사람들을 위한 자리들도 따로 정해서 마련하겠습니다."

"좋아. 그러면 다시 장로로 돌아가서. 다섯 당 일로 해. 그게 좋겠다."

운정은 곧 동의했다. 왜냐하면 그 비율에 대해서는 사실 정하면 그만인 것이기 때문이다.

그가 말했다.

"좋습니다. 다섯 당 한 명으로 하지요. 하지만 장로의 최소 인원을 두어야 할 것 같습니다. 저야 개파조사이니 제 생각에 반하진 않을 것이지만, 이후 세대에서 장로직을 독점한 몇몇이 신무당파를 변질시킬 수 있을 것입니다."

스페라는 손가락 세 개를 펴 보였다.

"셋 정도까지 해. 그 이상 두어 봤자, 어차피 똑같아. 셋으로 변질될 세대면 다섯이든 일곱이든 변질될 거고, 셋으로 변질되지 않을 거면 다섯이든 일곱이든 변질되지 않을 거야."

"흐음, 그럼 장로직 최소 인원은 셋으로 두어야겠군요."

"그럼 정리하면 최소 3인, 그리고 비율은 정식제자 다섯 당하나. 그리고 자격은 가장 경험이 많은 순으로. 그렇지?"

"자격 조건에 제자를 키워 본 사람을 두는 건 어떻습니까? 제자를 기를 정도로 경험이 받쳐 줘야 좋은 안건들을 내놓을 것 같습니다."

스페라는 고개를 저었다.

"아니, 그랬다가 스승이 제자들의 투표권을 좌지우지하면 어떻게 하려고? 정식제자들끼리는 단합하게 만드는 게 좋지 않잖아. 민주주의에서 가장 피해야 할 것이라고."

"흐음."

"그러니까, 누구든지 정식제자가 되면 사제지간 같은 건 사적인 관계로 남아야 하고, 신무당과 내에서는 동일한 권한을 지녀야 제도 붕괴의 위험성이 적어질 거야."

운정은 연신 고개를 끄덕이면서 그녀의 말을 정리해서 적어 나갔다.

그가 말했다.

"좋습니다. 장로와 정식제자에 관한 것은 이정도로 합시다."

"아직 하나 남았지. 속가제자에서 정식제자가 되는 과정. 이건 어떻게 만들 생각이야?"

운정은 턱을 살짝 잡았다.

"장로들의 추천이나 정식제자들의 추천에 대해서 생각해 보았습니다만, 그러면 정식제자들과 장로들의 개인적인 세력 키우기로 이어질 가능성이 크다고 여겨집니다."

"그럼?"

"그러니 반대로 속자제자들의 추천을 통해서 하면 어떻습니까?"

스페라는 놀란 표정을 지었다.

"어? 속가제자들의 추천이라고?"

"예. 속가제자들이 자기들끼리 보았을 때, 정식제자가 될 만한 인물이다 싶으면 정식제자에게 추천하는 것입니다. 물론 그에 관한 심사는 정식제자들이 따로 하게 되겠지요. 예컨대 정식제자들이 수행할 만한 것을 몇 번 맡겨 보고 온전히 수행하는지를 판단하게 하면 될 것입니다. 세 번이 좋겠군요. 세 번을 제대로 수행한다면, 정식으로 받아도 될 것 같습니다."

스페라는 고개를 갸웃거렸다.

"흐음… 매우 신선하기는 하네. 위에서가 아니라 아래서부터 추천을 받고 올라온 인물이라면, 그 실력과 인성이 잘 검증이 될 것 같긴 하네. 위에서 자기 세력 키우기도 어려울 것 같고. 그래도 현실에선 어떨지는 모르겠어."

운정은 작은 미소를 지었다.

"현실에서 어떻게 작용할지는 지금 알 수 없지요. 일단 저희끼리 정해 놓고, 좋지 못한 부분들은 이후 후대에게 맡기면 될 일입니다."

"그럼 그것도 정해. 너와 내가 정한 이 규율들을 바꾸려면 어떻게 해야 하는지 말이야. 단순히 과반수라면 너무 자주 바뀔 거 같은데, 좀 더 엄격하게 두는 게 어때?"

"만장일치가 좋을 듯 합니다."

"만장일치? 그건 그것대로 너무 가혹하지 않아?"

"수가 많아지면 많아질수록 건들기 어려워야 한다고 생각합니다. 그만큼 잘 운용되고 있다는 뜻이니까요. 반면에 수가 적어진다면 그만큼 획기적으로 수정할 수 있게끔 하는 것이지요."

"흐음, 그래도 만장일치라면……."

"무당에서도 제자를 퇴출하는 문제만큼은 만장일치로만 가능하게 하였습니다. 아, 그리고 보니, 자격 박탈에 대해서도 만장일치로 하면 되겠군요. 정식 제자들에 대해서."

스페라는 살짝 관자놀이를 집었다.

"생각할 게 한두 가지가 아니네. 무슨 나라 하나 세우는 거 같아."

"그럼요. 문파도 작은 나라입니다."

"그러니까. 그래서 말인데……."

"예?"

운정이 글을 쓰다 말고 고개를 들자, 스페라가 나지막하게 말했다.

"머혼의 검증을 받는 건 어때?"

운정의 눈이 커졌다.

"머혼이요? 하지만 그는 신무당파와 아무런 연관이 없습니다. 제자가 되라 해도 되지 않을 것이고, 모든 생명의 공존이 선이라는 사상에 대해서도 동의할지 의문입니다."

스페라가 팔짱을 꼈다.

"물론 머혼이 신무당파의 규율을 짜는 데 참여할 수는 없지. 내가 말하는 건, 그에게 이 규율들을 보여 주고 혹시나 있을 구멍들을 찾게 하는 거야."

"구멍들이라 함은?"

"예를 들면, 머혼이 신무당파를 무너트릴 심산으로 속가제자가 된… 어떤 앙금을 가진 사람이라고 치는 거야. 그리고 이 규율들을 위반하지 않으면서 어떻게 신무당파를 무너트릴지 가상의 시나리오를 작성하게 하는 거지."

"……"

"머혼은 말이야, 델라이같이 역사가 깊은 나라도 집어삼킨 사람이야. 우리 둘이 여기서 만든 이 가상의 규율들은 진짜 어린애들 장난처럼 생각할걸?"

"흐음."

"그에게 정보가 새어나가는 게 싫을 수는 있지만, 그래도 그의 검증을 한 번 받는 게 신무당파의 역사를 수백 년 늘릴 수 있을 거라고 생각해."

운정은 잠시 고심하더니 말했다.

"확실히 그렇겠지요. 하지만 일단 그에게 보여 줄 만큼 완성시키는 것이 우선이겠군요."

"그야 그렇지. 일단 구실이라도 갖춰 보자고."

그 이후, 운정과 스페라는 오랜 시간동안 신무당파의 기초 규율들을 작성해 냈다.

*　　　　*　　　　*

신무당파의 기초 규율 초안은 총 일곱 페이지에 달했다.

스페라는 지친 기색으로 한숨을 쉬며 말했다.

"후. 무슨 초월급 마법 배우는 것보다 힘드네. 이 정도면 대충 구실은 갖춘 거 같은데, 어때?"

운정은 고개를 끄덕였다.

"좋습니다. 보여 줄 만한 것 같습니다."

"그럼, 연락할게."

스페라는 중지에 낀 반지에 바람을 후 하고 불었다. 그러자 그 반지에서 은은한 붉은 빛이 나더니 곧 머혼의 목소리가 들렸다.

[무슨 일입니까, 스페라 백작?]

[운정 도사 왔어.]

그 즉시 적어도 한 옥타브는 올라간 목소리가 들렸다.

[운정 도사가요? 그럼 얼른 오십시오!]

스페라는 피식 웃더니, 반지를 접었다. 그러자 반지는 붉은 빛을 잃었다.

스페라는 지팡이를 높게 들더니, 운정에게 말했다.

"가자."

운정은 고개를 끄덕이고는, 초안을 손에 들었다.

[텔레포트(Teleport).]

순식간에 카이랄에서 모습을 감춘 그들은 곧 델라이의 NSMC에 나타났다.

대기하던 마법사들은 그들을 황제의 집무실까지 안내했다.

문을 열고 들어가자, 탁자에 쌓인 문서들 사이로 머혼이 겨우 보였다.

그는 퀭한 얼굴을 하고 있었다. 그뿐이랴. 마치 지난 열흘 동안 한 끼도 안 먹은 것처럼 홀쭉이가 되어 있었다. 적어도 두 사람은 그의 몸에서 빠져나간 듯싶었다.

머혼이 눈을 비비더니 흐리멍덩한 눈으로 운정을 보며 자리에서 일어났다.

"운정 도사, 어서 오십시오."

그는 앞으로 나와서 접대용 카우치(Couch)에 앉았다. 그러곤 문가에 서 있는 시녀들에게 차를 준비하라고 제스처를 취했고, 시녀들은 곧 고개를 숙이곤 밖으로 나갔다.

운정은 그의 오른편에, 스페라는 그의 왼편에 앉았다.

운정이 말했다.

"많이 힘드신 듯합니다."

머혼은 전혀 부정하지 않았다.

아니, 못 했다.

"거의 죽을 지경입니다. 델라이 내부는 영주들 간의 전쟁으로 하루가 멀다 하고 지도가 바뀌고 있습니다. 그리고 뭐 그리들 배신을 하는지, 여기 편이였다가 저기 편이였다가. 어후, 전장을 파악하는 게 너무 어렵습니다."

"……."

"그뿐입니까? 제국은 조용한 듯하면서도 그 아래에선 미친 듯이 암투가 벌어지고 있어요. 다른 사왕국들은 무슨 거위마냥 도도한 척 물 위에 떠 있지만 그 아래로는 미친 듯이 다리를 움직이고 있지요. 여기! 여기로 가져와라! 어서!"

시녀가 차를 탁자 위에 놓기도 전에 머혼은 그것을 빼앗아다가 홀짝였다. 그리곤 조금 여유를 되찾았는지, 운정을 바라보며 말했다.

"너무 제 이야기만 했군요. 운정 도사께서는 중원에서의 일은 잘 마치셨습니까?"

운정은 고개를 끄덕였다.

"예, 잘 끝냈습니다. 이제 델라이에서 신무당파를 개파해도 괜찮을 듯 합니다."

머혼은 잠시 멍한 표정을 짓다가 곧 알겠다는 듯 짧게 끄덕였다.

"아하, 맞지요, 맞습니다. 요즘 통 정신이 없어서. 아무튼. 그때 제 기억으로는, 천마신교와의 거래를 잘해 주시면 제가 신무당파의 개파를 적극적으로 돕겠다고 했지요?"

"예, 그렇습니다."

머혼은 머리를 긁적이며 말했다.

"좋습니다. 그럼 어떻게 도와드리면 되겠습니까?"

운정은 스페라와 한 번 눈을 마주 보더니 말했다.

"장소와 건물이 필요할 것입니다. 그러나 그 전에 가장 먼저 신무당파의 보이지 않는 토대에 대해서 도움을 받고 싶습니다."

머혼의 눈길이 자연스레 운정이 들고 있는 종이를 향했다.

"보이지 않는 토대라 하시면, 들고 계신 그 종이들에 적혀 있는 것입니까?"

운정은 그것을 식탁 앞에 내려놓으며 말했다.

"나랏일에 집중하셔야 하니, 지금 당장 답을 주지 않으셔도 괜찮습니다. 한번 읽어 보시고, 모순이나 구멍이 있다면 알려 주십시오."

머혼은 미심쩍다는 표정을 짓다가 곧 운정이 내려놓은 종이를 들었다.

그는 몇 줄 읽지도 않고 툭하니 물었다.

"이건, 헌법 같군요. 신무당파의 헌법입니까? 설마 신무당파가 일종의 국가는 아니겠지요?"

스페라가 바로 대답했다.

"설마. 마법사 학교 같은 거야. 이건 그 규율쯤으로 보면 되고."

"……."

머혼은 더 말하지 않고 계속해서 읽어 나갔다.

그런데 놀라운 변화가 일어나기 시작했다. 그의 흐리멍덩했던 눈빛은 조금씩 뚜렷해졌고, 창백했던 얼굴에 핏기가 돌기 시작했으며, 당장이라도 엎어질 듯한 자세는 꼿꼿해졌다.

운정이 조심스레 물었다.

"당장 답변을 안 해 주셔도 괜찮습니다. 너무 바쁘시……."

머혼은 그의 말을 자르며 종이를 넘겼다.

"괜찮습니다. 정사로 머리가 너무 복잡했는데, 이 정도면 적

당하군요."

"……."

머혼은 다리까지 꼬면서 나지막하게 말을 이었다.

"재밌어요, 재밌어. 옛날 생각도 나고. 황궁에서 교육받을 때, 가장 이상적인 나라의 헌법이 무엇일지 한번 만들어 보라는 과제가 있었습니다. 당시 제왕정치학 교수께서 제 숙제를 보고 무슨 생각을 했을지 좀 알 것 같습니다. 하하하."

"……."

"흐음. 흠, 흥미롭군요. 흐음, 그래요. 특히 이 악행을 저지르면 실제로 무공의 위력이 반감된다는 부분이 마음에 듭니다. 악을 저지르면 저지를수록 강해질 수 없다면, 아무리 욕심이 큰 사람이라도 행동을 자제하겠지요."

운정은 자기도 모르게 양 손을 내려다보았다.

손바닥에는 땀이 묻어 있었다.

그제야 그는 자신이 긴장하고 있다는 것을 깨달았다.

이게 뭐라고 긴장하는가?

운정은 이내 몸을 편하게 했다.

하지만 그럼에도 불구하고 마음속에서 꿈틀거리는 묘한 긴장감은 어쩔 수 없었다.

탁.

머혼이 종이를 내려놓으며 첫 장으로 돌아갔다.

"펜 있습니까? 색이 다른 잉크면 좋을 것 같습니다."

스페라는 얼른 지팡이를 휘둘러 붉은색 잉크와 펜을 소환했다.

"여기 있어요, 머혼 백작."

머혼은 스페라를 쳐다보지도 않고 펜을 들었다. 그리고 다리를 풀더니 몸을 숙여서 종이를 하나둘씩 손보기 시작했다.

슥. 스윽. 스윽.

머혼의 펜은 거침없었다.

운정과 스페라가 고심에 고심을 거듭하여 적은 문장들을 그냥 지워 버렸다. 어떨 때는 지우는 것조차 귀찮았는지, 그 위에 그냥 덧씌워서 써 버렸다. 단어를 고쳐 줄 때도 있었고, 주석을 달기도 했으며, 질문을 달아 놓기도 했다.

초절정 고수의 검공 하나에, 두 절정 고수가 처참하게 짓이겨지는 모습.

적색검강이 번뜩일 때마다 흑색검강은 흔적도 없이 사라졌다.

어느덧 붉은색의 글자 수가 검은색의 글자 수를 넘기 시작했다.

하지만 그럼에도 머혼은 만족하지 못했는지, 여백까지 써 가며 자신의 생각을 우겨넣었다.

운정과 스페라는 조금은 서글픈 표정으로 서로를 바라보

았다.

펄럭.

종이가 넘겨졌다.

그렇다는 뜻은, 설마 지금까지 겨우 첫 장이었단 말인가?

운정과 스페라는 믿을 수 없다는 듯 머혼을 보았다.

머혼은 잉크통에 펜을 담으며 말했다.

"그럭저럭 봐줄 만은 하군요. 중원의 문화가 은근히 드러나서 새롭기도 하고."

그는 다시금 펜을 놀리기 시작했다.

다시 시작된 적색검강의 향연.

지금까지는 그저 시작에 불과했는지, 그는 슬슬 자신의 수정 사항과 주석 그리고 질문들 앞에 숫자들을 붙이기 시작했다. 그리고 이후 이어지는 수정 사항에는 그 숫자들을 활용해 가면서 더욱 더 심도 있는 수정 사항을 적기 시작했다.

그렇게 세 번째 장까지 넘어갔을 때 그가 고개를 저었다.

운정이 슬며시 물었다.

"괜찮겠습니까?"

머혼은 얼굴을 찌푸리더니 첫 장으로 돌아왔다.

그리곤 상단에 이상한 기호들을 적었다.

"여백이 너무 적어서 기호들을 설정하겠습니다. 그에 맞춰서 보시면 됩니다. 우선 첫 번째로, 동그라미 안에 숫자가 있다면, 그 수정 사항을 참조하라는 겁니다. 그리고 세모 안에 숫자가 있다면, 그 수정 사항과 대립된다는 겁니다. 둘 중하나를 선택하라는 것이지요. 그리고 네모 칸 안에 숫자가있다면 그것과 반복되다는 뜻이고, 그리고 또 밑줄이 있는건……."

그는 그렇게 이십 가지가 넘어가는 기호들을 설명했다.

그리고 세 번째 페이지 이후부터는 수정 사항들에 대해서가차 없이 기호들을 사용하기 시작했다.

심지어 동그라미 속 세모에 숫자 하나와 그밖에 하나가 있었는데 첫 번째 숫자에는 밑줄이, 두 번째 숫자에는 윗줄이쳐져 있었다. 그걸 본 운정은 그게 무슨 뜻인지 알기 위해서한참을 생각해야 했다.

다만 쓰는 머혼의 입장에서는 기호를 사용하니 한결 편한듯 보였다. 그는 첫 번째와 두 번째 장을 끝낸 그 시간 내에나머지 다섯 장도 모두 해치워 버렸다.

탁.

그는 한결 편안해진 표정으로 펜을 잉크통에 넣으면서 말했다.

"모두 제 생각일 뿐이니 그냥 참조만 하십시오, 참조만. 한개인의 생각이 너무 들어가는 것도 좋진 않습니다."

"……."

"……."

그는 운정 앞에 놓인 찻잔을 가리키며 말했다.

"안 드시는 것 같은데, 제가 마셔도 됩니까?"

사실 안 먹은 것은 아니고 먹을 생각을 못 한 것이지만, 운정은 고개를 끄덕일 수밖에 없었다.

머혼은 방긋 웃어 보이더니, 그의 찻잔을 들고 홀짝 마시면서 나긋한 목소리로 말했다.

"흐음, 덕분에 머리가 좀 개운하군요. 그 혹시 수정 뒤에도 더 볼 수 있겠습니까? 머리 근육을 풀어 주는 데 꽤 좋은 것 같습니다."

운정은 씁쓸한 표정을 지으며 말했다.

"물론입니다."

머혼이 자리에서 일어나면서 말했다.

"후, 이제 일해야겠습니다. 저기 저것들은 오늘까지 다 해놔야 해서… 그럼 운정 도사와 스페라 백작은 계속해서 대기해 주십시오. 말했다시피 지금 제국과 다른 사왕국들은 전부 쥐 죽은 듯이 조용하지만 다들 델라이를 주시하고 있는 상황입니다. 제가 무슨 꿍꿍이로 귀족들 간의 내전을 허락했는지 파악하고 있죠. 그들이 행동을 취할 때면 두 분의 도움이 필요할 겁니다."

그런데 그때, 누군가 방문을 박차고 들어왔다.

흑기사단 단장 슬롯이었다.

그는 운정과 스페라를 보곤 잠시 당황했지만, 이내 머혼을 바라보며 빠르게 말했다.

"무례를 용서해 주십시오, 머혼 섭정. 워낙 다급한 일이라."

자리로 돌아가려던 머혼이 몸을 돌리고 그를 보며 말했다.

"무슨 일입니까, 슬롯 경?"

슬롯은 또다시 운정과 스페라를 흘겨보곤 잠시 뜸을 들였지만, 머혼은 가만히 그를 쳐다보기만 했다. 그들을 물릴 생각이 없는 것이다.

슬롯은 그 무언의 허락을 받고는 대답했다.

"흑기사 그랙이 사망했습니다."

그 순간 머혼의 표정이 크게 굳었다.

그가 물었다.

"그랙? 그랙이라면 실험에 자원한 자가 아닙니까? 설마 몸에 이상이 생긴 겁니까?"

슬롯은 고개를 저었다.

"아닙니다. 전투 중에 사망한 듯 합니다."

"그가 어디로 투입되었습니까?"

"렉크 백작가입니다."

머혼의 표정은 더욱 심각해졌다.

"설마. 왕비의 신변은?"

"확인되지 않고 있습니다."

운정은 렉크라는 이름을 기억했다. 그는 애들레이드 왕비의 친아버지로, 머혼을 돕는 대신에 애들레이드 왕비가 렉크가에서 지낼 수 있게 하였다.

또한 그는 그의 친우인 욘토르와 전쟁해야 하는 처지에 놓였었는데, 무언가 일이 벌어진 듯 했다.

머혼이 턱에 손을 얹고는 나지막하게 말했다.

"분명 뭐가 일어나도 일어난 것이다. 렉크 백작이나 욘트로 백작이나… 다들 호락호락한 인물들이 아니니까."

그의 시선은 땅바닥을 향했다가 다시 천장을 향했다.

스페라가 말했다.

"내가 한번 알아봐?"

머혼은 고개를 저으며 말했다.

"오히려 그게 적이 바라는 것일 수도 있습니다. 스페라 백작과 운정 도사께서는 대기하셔야 합니다. 그것만으로 타국에 주는 압박이 크니까요. 오히려 전장에 나서는 것보다 더 클지 모릅니다. 일단 신무당파 건물이 들어설 토지는 제가 생각해 둔 곳이 있습니다. 그곳에서 신무당파를 개파하시지요."

운정과 스페라는 서로를 바라보더니 기쁜 미소를 지었다.

＊　　　　＊　　　　＊

델라이 수도 델로스(Delos).

그 외곽에는 이름 없는 신의 버려진 신전이 있었다.

그 신은 본래 델라이의 원주민이 섬겼던 신으로 몇백 년 전까지는 많은 사람들이 숭배했었다. 하지만 제국의 사랑교가 들어서면서부터 서서히 몰락하더니, 작금에 와서는 아무도 찾지 않아 그 신의 이름조차 모르는 사람이 태반이었다.

그럼에도 그 거대한 신전만큼은 굳건히 서 있었다. 이유는 델라이 왕가의 중요한 행사가 그 신전에서 이뤄지는 전통이 남아 있었기 때문이었다. 델라이 왕가는 그 신을 숭배하진 않았지만 가문의 수호신 정도로 여기며 그 신전을 신성시하는 면이 있었다.

하지만 그것도 전대 왕까지였다. 독실한 사랑교 신자였던 델라이 왕은 그 신전을 거의 방치하다시피 했는데, 때문에 더더욱 그 신은 사람들의 뇌리에서 잊혔다.

그리고 머혼에게 있어 그 신은 중대한 위험 요소였다. 전통성이 무너진 상황이니, 델라이 왕가와 함께한 그 신을 기반으로 또 다른 권력의 정당성이 생길 수 있었었다.

때문에 머혼은 그 신전을 운정에게 내주었다. 신전도 없애고 운정에게 토지를 제공하는 일석이조의 효과를 노린 것이다.

그렇게 신전을 통째로 받은 스페라는 신무당파를 위한 건물들을 세우기 위해서 데란과 테라 학파를 고용했다. 재정을 아끼지 않고 퍼부었고, 그로 인해 테라 학파 전체가 참여하게 되는 대공사가 시작되었다.

삼 일이 흘렀다.

그동안 운정은 스페라에게 마법을 배웠다. 지팡이를 만드는 데 특히 수학에 관한 지식이 부족했는데, 정팔포체를 본 이후로 찾아온 깨달음을 통해서 전처럼 막힌 곳 없이 수월하게 배워 나갈 수 있었다.

조령령은 매일 아이시리스와 붙어 있었다. 둘 다 친구라는 것이 없이 살다가 갑작스레 생겼음에도, 가족보다도 더 깊은 사이가 된 것 같았다. 심지어 운정보다도 아이시리스를 더 따랐으며, 어딜 그리 매일 돌아다니는지, 카이랄에 잘 보이지도 않았다.

시아스는 운정의 영령혈겁을 통해서 계속해서 마를 배출하는 작업을 했고, 이젠 거의 막바지에 이르렀다. 마지막으로 준비를 하겠다며 잠시 저택에 가 있었는데, 오늘 밤에 운정과 스페라가 도와 완전히 마를 제거할 계획이었다.

마지막으로 우화와 시르퀸은 여전히 소식이 없었다. 전에 바르쿠으르의 어머니를 보러 갔다는 소식을 마지막으로 일절 알려진 것이 없었다. 운정은 슬슬 염려가 되었지만 그들과 연락할 방도가 전혀 없었기 때문에 이대로 가만히 기다리는 수밖에 없었다.

점심이 되자, 운정은 스페라와 함께 신무당파의 건물들을 보러 나왔다. 삼 일 동안 카이랄을 나간 적 없이 마법 공부에만 매달렸으니, 한번 바깥 공기를 쐬려고 한 것이다.

수도에서 멀다면 멀고 짧다면 짧은 거리.

과거 웅장하게 지어졌던 신전의 건물 대부분은 이제 그 굵은 기둥만을 남겨 두고 있었다. 그 기둥만이 예전 신전의 건물들이 얼마나 웅장했는지를 말해 주는 유일한 흔적들이었다.

기둥들 위로는 신무당파 건물의 뼈대가 만들어지고 있었는데, 모두 운정이 주문한 대로 무당파의 양식을 따르고 있었다. 돌과 나무, 그리고 기왓장과 같은 내부 구성까지 중원식으로 하진 않았고 그저 겉으로 보이는 형태만 비슷하도록 했다.

운정은 찬찬히 세워져 가는 건물들을 바라보았다. 그곳에는 수많은 마법사들과 인부들이 고된 작업을 이어 가고 있었다. 때문에 고작 삼 일이 지났지만, 이미 대략적인 건물의 형태가 보였다. 테라 학파 전체가 나서서 건물을 지으니, 그토록 짧은 시간에 엄청난 결과를 낸 것이다.

무당파 양식의 건물들은 사실 그에게도 낯선 것으로 직접

적으로 와닿지는 않았다. 하지만 사부님이 보면 매우 좋아하시리라는 생각을 하니 감회가 새로웠다.

"운정."

운정은 고개를 돌려 한쪽을 보았다. 그곳에서 스페라와 데란이 걸어오고 있었다. 데란이 운정을 향해서 먼저 인사했는데 건축의 책임을 맡은 만큼 운정을 고용인으로써 대했다.

"안녕하십니까, 운정 도사님."

운정은 포권을 취했다.

"안녕하십니까, 마스터 데란."

스페라는 양팔을 허리에 두고 말했다.

"벌써 건물이 막 보이지 않아? 내가 특별히 데란한테 말해서 모든 인력을 쏟아 달라고 했어!"

데란은 슬며시 웃어 보이며 말했다.

"마법사들에게 드래곤본의 가치는 유일무이한 것이지요. 그만한 양이라면, 저희 학파는 사활을 걸고서라도 이 건물을 완벽하게 건축할 것입니다. 작은 담 하나도 그 내구성을 S급으로 건설할 테니 걱정하지 않으셔도 됩니다."

운정이 물었다.

"S급이라 함은 어느 정도로 됩니까?"

"기본 천 년 이상은 유지된다는 말입니다. 그만큼 최고급 재질들을 사용하고 또 더 많이 사용한다는 뜻이지요."

운정은 고개를 끄덕였다.

"힘써 주셔서 감사합니다. 한데 공사는 언제쯤 끝나리라 생각하십니까?"

데란이 대답했다.

"건설 자체는 보름 정도면 끝납니다. 물론 건설을 완벽하게 끝내기까지는 일 년이 더 소모됩니다만, 그건 저희 학파의 마법사들이 와서 건물 내부에 이런저런 마법을 갱신하는 것뿐이니 보름 후부터 충분히 사용하실 수 있습니다."

"마법을 갱신한다고요? 어떤 마법들이 있습니까?"

데란은 스페라를 통해서 운정이 마법을 배우고 있다는 사실을 알고 있었다. 운정의 질문은 다소 무례한 것이지만, 마법에 대해서 배우면 배울수록 호기심이 늘어나는 것은 당연한 현상이니, 지금까지 그런 일들을 자주 봐 온 데란에게는 크게 신경 쓰이는 일이 아니었다.

그가 웃으며 말했다.

"테라 학파에 입학하시면 그때 알려 드리지요."

운정은 자신이 실수했다는 것을 깨달았다.

그가 다시 포권을 취하며 말했다.

"죄송합니다. 생각이 짧았습니다."

데란은 빙긋 웃으며 말했다.

"그래도 대략적으로만 말씀드리면, 재질을 굳게 만들거나,

융합한 것이 다시 떨어져 나가지 않게 하는 등. 건축 자재들이 잘 붙어 있을 수 있도록 마법을 갱신하는 것입니다. 그렇게 일여 년 동안 갱신을 하다 보면 재질들이 제자리를 찾게 돼서 최종적으로 건설이 완성되는 것이지요."

"흐음, 그렇군요."

운정은 여전히 호기심이 가득한 표정으로 건물 쪽을 돌아봤다.

데란은 그런 그에게 슬쩍 물어봤다.

"저 또한 궁금한 것이 있는데, 하나 물어봐도 되겠습니까?"

"얼마든지요."

"그, 저희 학파에 지불하신 드래곤본 말입니다… 그만큼 많은 양을 지금까지 델라이에서 숨겨 둔 것은 아닐 것이고, 최근에 새로 드래곤을 사냥한 것이 아닌가 싶습니다만."

스페라가 눈을 게슴츠레 뜨면서 그에게 말했다.

"하여간. 그냥 안 넘어간다니까, 참."

데란의 웃음에 민망함이 더해지는데, 운정이 대답했다.

"예. 최근에 드래곤의 사체를 얻게 된 일이 있었습니다. 그 반을 델라이에 넘기는 조건으로 이 토지를 받았고 나머지 반은 신무당파에서 계속 쓸 예정입니다."

이미 예상했지만, 직접 이야기를 들으니 데란은 놀라지 않을 수 없었다.

그가 말했다.

"그렇군요. 그럼 아직 더 많이 있겠습니다."

운정이 슬쩍 스페라를 보았다. 왜냐하면 그 일에 관해서는 스페라에게 전권을 맡기고 운정은 신경 쓰지 않았기 때문이다.

스페라가 말했다.

"꽤 남았어. 건물만 짓자고 다 쓰진 않았지, 당연히."

그 말에 데란은 입을 살짝 벌리더니 말했다.

"혹시 다른 학파와도 거래하실 생각입니까?"

그녀는 운정을 흘겨보며 말했다.

"앞으로 어디서 써야 할지는 잘 몰라. 하지만 문파를 열고 제자들을 받고 가르치다 보면 이런저런 형태로 어떻게든 쓰겠지?"

그 말에 데란이 다급하게 대답했다.

"그렇다면 꼭 제게 알려 주십시오. 아시다시피 드래곤본은 마법이 통하지 않습니다. 노마나존을 펼치기 위해서 꼭 필요한 매개체이기도 합니다. 이것이 대량으로 파인랜드에 풀려 버리면, 파인랜드의 마법사들 전부가 곤란해집니다. 행여나 어둠의 학파에 흘러가게 되면 더더욱 안 됩니다."

스페라는 코웃음을 쳤다.

"빛 쪽이 곤란해지든 말든. 우리가 우리 것을 우리 맘대로 쓰겠다는데 네가 무슨 상관이니, 데란?"

"물론입니다. 다만 저희 쪽에서 먼저 돈을 지불하고 살 테니, 저희와 먼저 거래해 달라는 뜻이었습니다."

"이미 네가 받은 드래곤본의 가치도 거의 한 영지의 일 년 예산급이잖아? 그 정도 있으면 다른 곳에 드래곤본이 풀린다고 해도 크게 걱정할 일은 없지. 그러니까 너무 욕심내지 말라고."

"……."

스페라가 그렇게까지 말하니 데란은 아무런 말도 할 수 없었다.

그녀는 팔짱을 끼더니 건물들을 바라보며 혼잣말처럼 말했다.

"좋아, 좋아. 뼈대는 다 갖춘 것 같은데. 보름이라면 생각보다 조금 오래 걸리네. 워낙 커서 그렇겠지?"

운정은 그 말을 들으며 파인랜드에선 보름 내에 건물을 짓는 것이 결코 빠르지 않다는 것을 알 수 있었다.

중원에서 도무지 상상조차 수 없는 일이다.

물론 절정고수들을 데려다가 건물을 세우면 일이 훨씬 빨라지긴 할 것이다. 하지만 무인의 자존심이 용납할 리가 없으니, 그런 일은 잘 없다. 또한 무공으로는 근력이 강해질 뿐이니, 기술적으로는 범인과 다를 바 없어 오히려 방해가 될 것이다.

하지만 파인랜드의 마법사들은 '땅의 마법을 사용하며 건물을 전문적으로 건설한다. 마법이 없으면 아마 건물을 짓지도 못할 것이다. 그 정도로 마법을 통해서 건축하는 기술이 이미 통상적으로 자리 잡고 있는 것이다.

운정이 문득 드는 궁금증이 있어 물었다.

"혹 테라 학파의 목적은 무엇입니까?"

"……."

"……."

갑작스러운 질문에 스페라와 데란이 그를 돌아봤다.

운정도 그들을 마주 보며 말했다.

"최근에 네크로멘시 학파와 조우한 일이 있습니다. 그들의 목적은 죽음을 정복하는 것이라고 하더군요. 보아하니, 학파는 각각 추구하는 목적이 있는 듯합니다. 마법으로 도달해야 하는 목적지 같은 것이겠지요. 테라 학파도 있지 않을까 합니다."

그 말에 데란의 표정이 짐짓 진지해졌다.

그는 가만히 운정을 보다가 곧 고개를 돌려 건물들을 보았다.

"테라 학파의 본래 목적은 땅의 근원에 도달하는 것입니다."

"땅의 근원이라 함은?"

데란의 눈빛이 조금은 옅어졌다.

"간단합니다. 땅 아래로 계속해서 파고드는 겁니다. 더 이상 파고들 수 없을 때까지 말입니다. 그 끝을 땅의 근원이라 합니다."

"……."

"테라 학파의 마법은 전부 땅을 더욱 깊게 파려는 과정에서 만들어졌습니다. 파내려 가고 또 파내려 가고. 그러다 보면 단단한 지층을 만날 때도 있고, 불안정한 지층을 만날 때도 있지요. 그러면 또 그런 지층들을 뚫어 내기 위해서 이런 저런 마법들을 만들고. 사실 건물을 짓는데 사용되는 마법들도 다 그때 개발된 것입니다."

운정이 고개를 끄덕이며 말했다.

"그러고 보니, 우리는 저 높은 하늘 위에도 무엇이 있는지 알지 못하지만, 깊은 땅 속에도 뭐가 있는지 알지 못하지요."

데란의 눈길이 땅을 향했다.

"하지만 작금에 와서는 누구 하나 크게 신경 쓰는 일이 아닙니다. 학파의 마스터인 저조차 더 이상은 땅 아래 무엇이 있는지 궁금하지 않으니까요."

"……."

"다 그렇게 되는 것 같습니다. 특정한 목적을 가지고 집단이 모이게 되어도, 결국에 그 목적은 흐지부지되고 집단 스스로의 생존만을 도모하게 되는 것이지요. 국가도 그렇고 학파도 그렇고. 흐음, 이제 보니 운정 도사께서 왜, 그것을 물어보셨는지 알 것 같습니다."

운정이 빙그레 웃었다.

"제가 왜 물어보셨다고 생각하십니까?"

데란은 잠시 생각한 뒤, 대답했다.

"지금 운정 도사께서 새로 세우시는 이 학교… 문파라고 하나요? 이 문파 또한 특정한 목적을 가지고 있겠지요. 운정 도사께서는 그것이 혹 변질될까 염려하시는군요."

운정은 잠시 말이 없었다.

그러다가 곧 나지막하게 말했다.

"테라 학파를 비난하려는 건 아니었습니다. 죄송합니다."

데란은 고개를 저었다.

"압니다, 운정 도사께 악의가 없었다는 건. 그리고 사실을 이야기하셨으니, 비난이 아니고 비평이지요. 저희가 본래 목적을 잃어버리고, 본질보다 비본질에 먼저 집중하게 된 것은 부정할 수 없는 사실이니까요."

"……."

데란은 말 없는 운정을 물끄러미 바라보다가 물었다.

"저도 혹시 한 가지 물어봐도 되겠습니까?"

운정이 고개를 끄덕이며 말했다.

"물론입니다."

데란은 살짝 미소 짓더니, 손을 뻗었다. 그러자 그의 손에서 노움(Gnome)이 튀어나왔다.

그 노움은 표정도 눈빛이 흐리멍덩했고, 조금도 힘이 없는지 축 져 있었다. 팔다리를 늘어뜨린 채 그저 그 손 위에 앉아 있을 뿐이었다.

운정의 표정이 굳었다.

"노움에게 무슨 일이 일어난 것입니까?"

데란이 쏩쓸한 표정으로 말했다.

"저도 잘 모르겠습니다. 제 명령을 잘 듣지도 않고, 그 힘도 크게 반감되어서 이젠 간단한 마법조차 어렵게 되었습니다."

운정은 눈초리를 모아 노움을 바라보며 말했다.

"혹시 전에 제게 보여 주셨던 걸 지금까지 계속해 오셨던 겁니까?"

전에 그는 노움을 운디네로 바꾸려고 시도했었다.

운정이 그것을 지적한 것이다.

그의 목소리에는 은은한 노기가 있어 데란이 조금 언짢은 어투로 말했다.

"조금 더 시도했을 뿐입니다."

"……."

운정이 입을 다물자, 데란은 한결 조심스러워진 목소리로 말했다.

"그 이후로 노움이 이렇게 되어서, 혹시 해결 방법을 아시는지 여쭙고 싶습니다."

운정은 그대로 모르는 척할까 하는 생각까지 들었지만, 스페라를 통해 알게 된 이후 지금까지 우호 관계를 가져온 것이 마음에 걸렸다.

그는 이내 곧 한숨을 쉬곤 말했다.

"해결 방법이라니요. 노움은 자의를 가지고 있습니다. 스스로 생명을 가졌다 해도 과언이 아닙니다. 마치 귀찮은 문제를 해결하는 것처럼 생각하시면 안 됩니다."

그 말에 데란은 고개를 갸웃했다.

"하지만, 노움은 어디까지나 패밀리어 아닙니까? 패밀리어는 마법사의 자의식에 의해서 탄생된 존재입니다. 자의를 가진 것처럼 보일지 몰라도, 엄연히 제 의식에서 나온 것이지요."

운정이 말했다.

"그렇게 본다면야 볼 수도 있겠습니다. 하지만 그렇다 하여 그 자의식을 무시해선 안 됩니다. 만약 정말로 순전히 마법사의 정신으로부터 나온 존재라면 모든 패밀리어는 다 같아야 하지 않겠습니까? 패밀리어가 각기 다른 이유는 그 본질에 자주성이 있기 때문입니다. 그리고 그 자주성은 분명 외부에서

부터 들어온 것입니다."

"……."

"자신의 패밀리어라 막 대하지 마시고, 친한 벗으로 대해 보십시오. 그러면 노옴은 점차 생기를 되찾을 겁니다. 본래 가까울수록 더 잘해야 한다고 하지 않습니까?"

그 말을 듣자 데란의 표정이 조금 묘하게 변했다.

웃는 것 같으면서도 굳은 듯 보였다.

그가 말했다.

"운정 도사님, 저도 어렸을 때는 패밀리어를 그런 식으로 여겼습니다. 노옴을 제 유일한 친구로 생각하며 삶의 모든 것을 공유했었죠. 하지만 나이가 들면서 깨달았습니다. 패밀리어는 결국 패밀리어에 불과하다는 것을 말입니다. 패밀리어는 결국 제 머릿속에서부터 나온 존재입니다. 내가 알지 못하는 것을 알 수도 없고, 제가 생각하지 못한 것을 생각하지 못합니다. 마치 또 하나의 인격인 것처럼 느껴지는 것은 사실 전부 착각이지요."

"……."

"예를 들면 꿈속에서 마주한 사람과 같습니다. 그 사람은 완전히 타인인 것처럼 느껴지지요. 마치 자의식을 가진 것처럼 보이고, 또 때로는 내가 모르는 것을 아는 것처럼 보입니다. 하지만 결국 꿈은 내가 만든 세상. 그 안에서 마주한 모든 사람 또한 내가 만들어 낸 잔상에 불과하지요. 패밀리어란 결국 그런 것입니다."

운정은 좀 더 강한 어조로 말했다.

"물론 그렇습니다. 그것이 틀렸다는 것이 아닙니다. 하지만 패밀리어를 도구 취급 해선 안 됩니다. 그것은 마치⋯ 그것은 마치 자기 자신을 도구로 취급하는 것과 같습니다. 자신의 의지를 도구로 취급하고 자신의 생각을 도구 취급하는 것입니다. 나아가 자기 자신을 도구 취급하는 것입니다. 이는 절대로 바르지 못합니다."

"⋯⋯."

데란은 입을 다물고 더 말하지 않았지만, 그 표정을 보면 운정의 말에는 전혀 동의하지 않는 것이 분명했다. 대화가 평행선으로 흘러갈 것이 뻔했기에 더 분란을 만들고 싶지 않았던 것이다.

그에겐 오래 살아온 세월도 있고, 한 학파의 마스터라는 위치도 있다.

이대로라면 데란은 계속해서 자기 고집대로 밀고 나갈 가능성이 컸다. 그리고 그것은 참담한 결과로 이어질 것이 불 보듯 뻔했다.

운정은 데란의 손바닥 위에 있는 노움을 물끄러미 보았다.

사람으로 치면 자기 자신을 잃어버린, 실성한 사람과 같왔다.

그는 그 노움을 봐서라도 마지막으로 설득하기로 마음을 먹었다.

그가 말했다.

"중원의 오행사상에는 상생상극이 있습니다. 최근에 그것이 어떻게 사괘, 그러니까 건곤감리에도 적용이 될 수 있는지 깨달음이 있었습니다. 그러니 그를 통해서 노움을 회복시켜 보겠습니다."

데란은 운정이 말한 고유 명사가 전에 운정이 설명했던 태극 사상에 포함되는 것임을 알았다.

그는 기대하는 표정으로 고개를 끄덕였다.

"가, 감사합니다."

운정은 데란의 손바닥 이에 있는 노움의 머리에 오른손을 얹었다. 그러자 노움은 깜짝 놀라며 운정을 돌아봤다.

데란도 그 반응을 느꼈는지, 눈을 좁히면서 노움을 바라보았다.

운정은 눈을 감고는 생각했다.

노움의 기운인 테라(Terra)는 건곤감리 중 곤(坤)이다.

사괘에 인간을 넣어 오행으로 확장시키면, 곤(坤)은 금(金)에 해당한다.

그리고 토생금(土生金)이라.

그렇다면 토의 기운을 불어넣으면 노움은 살아날 것이다.

토는 건곤감리에 존재하지 않는다.

건곤감리는 자연을 뜻하는데 토는 사람을 뜻하기 때문이다.

그러니 토의 기운은 자연이 아닌 사람에게서만 찾을 수 있는 것이다.

그것이 무엇인가?

자연을 거스르는 그 의지.

그 의지 자체다.

운정이 눈을 떴다.

"스페라 스승님."

그때까지 그들을 지켜만 보고 있었던 스페라가 말했다.

"으응? 뭐 도와줘?"

"혹 제게 마나를 불어넣어 주실 수 있겠습니까?"

"마나?"

"순수한 마나 말입니다. 사람의 의지를 담은."

"흐음, 무슨 의지를 말하는 거야? 사람의 의지를 담다니?"

"말 그대로 사람의 의지 말입니다. 자연에 법칙에 순응하지 않는 그 의지 말입니다. 마법을 일으키는 그 마음 자체를 담은 것이지요. 그러니까 마법에서 말하는… 포커스(Focus) 그 자체 말입니다."

"……"

"예. 마나가 아니라 포커스 그 자체. 그것을 제게 불어넣어 주실 수 있겠습니까?"

스페라는 가만히 그를 보다가 툭하니 말했다.

"네겐 이미 그랜드위저드(Grand wizard)로 올라설 깨달음이 있구나. 알았어. 불어넣어 줄게."

이후 그녀의 지팡이에서 은은한 빛이 나기 시작했다.

그 빛은 가루가 되어 운정의 손등 위로 떨어져 내렸다.

빛가루는 그의 손에 쌓여 가면서도 곧잘 그 안으로 흡수되었다.

마치 돌에 닿은 눈이 조금 있다 금방 녹아 없어지는 것 같았다.

운정은 손으로 찾아온 포커스를 느꼈다.

사람의 의지 그 자체.

아니, 그것은 그 의지의 근원이 되는 무언가다.

운정은 그것이 정확히 무엇인지 알 수 없었으나, 오행의 토를 사괘의 영역으로 역으로 끌어들였을 때 생기는 무언가라고 대략적으로 추측했다.

그는 그것을 오행상생의 묘리를 통해 노움에게 전해 주었다.

그러자 노움이 눈에 띄게 달라지기 시작했다.

몸 전체에서 은은한 빛이 나더니, 눈빛과 표정에서 생기가 되살아났다.

그리고 몸을 조금씩 움직여 일어나더니 곧 활력을 되찾고 춤을 추기 시작했다.

데란은 누구보다도 그 변화를 크게 느꼈다.

그는 말을 더듬으며 중얼거렸다.

"이런 일이… 타인의 마나로… 패밀리어가 회복을 해?"

그는 떨리는 두 눈으로 운정의 손을 뚫어지게 보았다.

하지만 그 안에서 일어나는 어떠한 일도 이해할 수 없었다.

그렇게 얼마나 지났을까?

노움이 전부 회복되자, 운정이 손을 뗐다.

스페라도 지팡이를 거두었다.

운정은 심호흡을 한 뒤에 말했다.

"마스터 데란, 앞으로는 노움으로 아쿠아를 만들려는 시도를 하지 않으셨으면 합니다. 지금 생각해 보니 그것이 가능했던 이유는 바로 금생수의 원리 때문에 그런 것 같습니다. 하지만 금생수는 어디까지나 금이 수를 낳는다는 것이지, 금이 수로 변한다는 건 아닙니다. 아쿠아로 변하는 것처럼 보였던 것은 착각이라는 것이지요."

데란은 마른침을 몇 번이고 삼키고서야 운정에게 말할 수 있었다.

"그 오행의 상극상생이라는 것을 다시금 설명해 주실 수 있습니까? 전에 설명하셨던 걸로 기억하는데, 당시에는 집중해서 듣지 못했었습니다."

운정은 그의 표정을 통해 그가 조금도 새겨듣지 않는다는 것을 깨달았다.

"마스터 데란."

데란은 자기도 모르게 운정의 팔을 붙잡았다.

"네 가지 원소는 서로 섞일 수 없는 고유의 성질입니다. 그런데 하나가 어떻게 다른 하나를 낳는다는 겁니까? 오행에 관해서 다시금 설명해 주십시오. 그리고 그것이 사괘와는 어떻게 연관성이 있습니까? 당시에는 둘이 전혀 다르다는 것을 말씀하시지 않으셨습니까?"

운정은 한숨을 쉬었다.

"후우, 마스터 데란."

"……."

"죄송하지만 제가 보았을 때 그 지식들은 당신에게 독이 될 것 같습니다. 마스터 데란께서는 강력한 힘을 지니신 분이니, 그만큼 영향력이 크십니다. 행여나 잘못되면 무고한 생명이 다칠 위험이 큽니다. 그러니 제가 더 알려 드릴 수 없음을 용서하십시오."

"우, 운정 도사."

"원하시는 대로 노움은 회복은 시켜 드렸습니다. 하지만 이젠 더 이상 그렇게 하지 않을 것입니다. 그러니 제 충고를 꼭 새겨듣고 더는 시도하지 마십시오."

운정은 이후 입을 다물고는 고개를 돌려 건축물들 보았다.

더 이상 말할 뜻이 없다는 것이 너무나 확실했다.

데란은 몇 번이고 입술을 달싹였지만, 끝내 입을 열지 못했다.

그때마다 그의 눈빛은 더욱 차가워졌다.

어색해진 분위기가 싫었던 스페라가 데란의 어깨를 툭 하고 쳤다.

"알려줄 수 없다고 하잖아, 데란? 너는 뭐, 내가 테라 학파의 중요한 마법들 알려 달라고 하면 알려 줄 거야?"

"……."

"응? 알려 줄 거냐고?"

데란은 마지못해 대답했다.

"알려줄 수 없지요. 학파의 기밀을 외부에 누출할 순 없으니까요."

스페라는 그의 어깨를 한 번 더 쳤다.

"그니까! 너도 그러면서 뭘."

"……."

"그러니까 할 말 없지? 할 말 없는 거다?"

데란은 헛기침을 하더니 말했다.

"생각해 보니 그렇군요. 제가 너무 무례했습니다, 운정 도사님. 아시다시피 요즘 제가 연구하는 분야가 그쪽이다 보니, 강한 호기심이 들어서 생각이 좁아진 듯합니다. 제 무례를 용서하십시오."

운정은 시선을 앞으로 둔 채 말했다.

"아닙니다, 마음에 두지 않습니다. 저 또한 호기심으로 인해 무례했었지요. 그러니 서로 잊으면 될 일입니다."

운정은 이후 더 말하지 않았다.

그가 해 줄 수 있는 말은 모두 했고, 그것을 듣고 듣지 않는 것은 이제 순전히 데란의 선택이기 때문이었다.

第八十八章

델로스에 있는 한 고급 레스토랑에서 식사를 마친 운정과 스페라는 카이랄로 향하려 했다. 그런데 왕국 기사로 보이는 남자 둘이 그들을 입구에서 기다리고 있었다.

"스페라 백작님, 운정 도사님."

스페라는 얼굴을 찌푸렸다.

"뭐야? 우리를 미행한 거야?"

그들은 가슴에 한 손을 올리는 경례를 취하더니, 곧 용무를 말했다.

"속히 황궁으로 오라십니다."

"이제 좀 뭔 일이 벌어졌나?"

스페라가 왼손을 옆으로 뻗자 공중에서 지팡이가 튀어나왔다. 그리고 그 즉시 짧게 중얼거렸다.

[텔레포트(Teleport).]

델로스의 아름다운 시가 광경은 이내 화려하고 다채로운 거대한 공간으로 변했다.

NSMC에서 근무하던 한 마법사는 갑자기 나타난 운정과 스페라를 보고는 당황한 표정을 짓고 있었다.

"배, 백작님?"

스페라는 그 마법사를 지나쳐 걸으면서 말했다.

"응, 수고."

운정은 포권을 취해 보이곤 그녀를 따라 걸어갔다.

그들은 금세 왕의 집무실에 도착했다.

머혼은 전과 다를 바 없는 모습이었다. 헝클어진 머리와 퀭한 눈. 충혈된 눈동자와 거친 피부.

그는 운정과 스페라를 보자 얼른 자리에서 일어나 그들에게 다가왔다.

"일단은 앉으시지요. 알드로뱅쉬에서 식사는 잘 하셨습니까? 유서가 깊은 레스토랑으로 그 맛은 델로스 제일이지요."

스페라는 카우치에 몸을 던지고는 다리를 꼬았다.

"설마 우릴 미행하는 건가요? 어떻게 알고 기사들을 보냈어요? 데이트 다 망친 책임은 어떻게 질래요?"

머혼은 손사래를 쳤다.

"그럴 리가요. 다만, 운정 도사께서 입으신 중원식 복장은 멀리서도 한눈에 들어오니 그 소식이 들리지 않을 수가 없더군요."

"……."

"아참, 운정 도사님. 제가 선물을 준비했습니다. 들어와라."

그가 말하자, 두 시녀가 겉옷 한 벌을 들고 왔다. 그것은 중원식의 외투와 파인랜드식의 외투를 묘하게 섞어 놓은 디자인으로, 익숙하면서도 새로운 느낌을 주었다. 그녀들은 그것을 운정의 앞에 내려놓고는 물러갔다.

스페라가 툭하니 말했다.

"그거네? 드래곤본(Dragonbone)을 섞은 거."

운정이 머혼을 돌아보자, 머혼이 설명했다.

"왜 전에 나리튬(Naritium)으로 짰던 겉옷이 있지 않습니까? 내력을 불어넣으면 내마성이 생기는."

과거 운정은 광선포에 의해 손상이 생긴 그것을 정채린에게 주었었다.

그가 대답했다.

"아, 네. 아쉽게도 일이 있어서 가져오질 못했습니다."

머혼은 손바닥으로 옷을 가리키며 말했다.

"운정 도사께서는 강하신 분이시지만, 마법에는 취약하실 수 있죠. 그래서 준비했습니다. 제작부에서 만든 것이니 한번 착용해 보시지요. 드래곤본을 섞어 넣어 효율이 더욱 좋을 것입니다."

운정은 자리에서 일어났다. 그리고 겉옷을 벗어서 옆에 두고는 그 옷을 들어서 입으면서 물었다.

"그러고 보니, 타노스 자작께서는 잘 계십니까? 언제 또 드래곤본을 연구하셔서 이런 것을 만드셨는지는 모르겠습니다."

그 질문에 머혼이 헛기침을 했다.

"크흠, 큼. 사실 타노스 자작은 행방불명입니다."

"행방불명이요?"

"정확하게 말하자면, 스스로 델라이를 떠난 것 같습니다."

머혼의 말투가 묘하게 신경 쓰였던 운정이 되물었다.

"혹 무슨 일이 있었습니까?"

머혼은 양손을 비비면서 뜸을 들이며 말했다.

"하흠, 그게 말입니다. 흐음, 뭐라고 해야 할까, 그 타노스 자작이 사실 포트리아 백작과 조금 깊은 인연을 맺고 있었습니다."

포트리아 백작.

운정은 그 이름을 듣는 순간 대강 무슨 일이 벌어졌는지 알 것 같았다.

"그가 사라진 것이 포트리아 백작이 죽고 난 이후로군요."

머혼은 피곤한 듯 나지막하게 말했다.

"문제는 그 나리튬 클록(Naritium Cloak)에 관련된 제작 기술을 하나도 남겨 놓지 않았다는 점입니다. 일부러 없앴다 해도 좋을 만큼 기록이 남아 있지 않습니다. 게다가 시험용으로 만들어 놓은 여벌복까지 모두 사라졌지요."

"의도적이군요."

"예. 그래서 아쉽게도 신개발된 나리튬 옷은 더 이상 생산할 수 없습니다. 그보다 단가가 수천 배는 비싼 드래곤본으로 때울 수밖에요. 드래곤본 클록(Dragonbone Cloak)은 세밀한 기술을 요하지 않거든요."

운정은 그 옷을 다 입고는 한번 내력을 불어넣어 보았다. 그러나 드래곤본 클록은 내력을 일절 받지 않았다.

나리튬 클록은 나리튬으로 이루어진 복잡한 마법진이 그 안에 있어, 내력을 불어넣으면 나리튬이 가진 내마성이 상승하는 식이었다.

하지만 이 드래곤본 클록은 마법진 없이 그냥 드래곤본을 섞어 넣기만 한 것으로, 드래곤본이 본래 가지고 있는 특성, 마나를 거부하는 그 특성이 있을 뿐이었다. 그러니 내력조차 일절 받질 않는 것이다.

한마디로 말하자면, 매우 가벼운 멜라시움이다.

운정이 말했다.

"확실히 마법 공격을 미연에 방지할 수 있겠군요. 마치 저한테만 노마나존이 펼쳐져 있는 것처럼."

머혼은 고개를 끄덕였다.

"드래곤본을 가공해야 하다 보니 그 옷 한 벌 뽑아내는 데도 꽤 많은 양이 들어갑니다. 드래곤본은 모든 면에서 뛰어나지만 인위적으로 생산할 수 없다는 점에서 너무 아쉬운 소재이지요."

"그렇다면 드래곤본 클록은 나리튬 클록과 다르게 많이 제작할 수 없군요."

"그 많은 드래곤본으로도 그 하나가 겨우 나온 겁니다. 오로지 운정 도사님을 위해서만 제작하였다고 봐도 과언이 아닙니다."

운정은 포권을 취하며 그 자리에 앉았다.

"감사합니다. 잘 입겠습니다."

머혼은 묘한 미소를 지었다.

스페라는 다른 쪽으로 다리를 다시 꼬더니 말했다.

"그래서 저런 선물을 그냥 줄 리 없잖아요? 무슨 일 시키려고 부른 거예요? 제국이라도 쳐들어왔어요? 아님 뭐 다른 사왕국?"

머혼은 몸을 앞으로 하며 말했다.

"아닙니다. 욘토르 백작입니다."

"욘토르 백작? 내부 일이잖아요? 내부 일에 우리를 쓰겠다고요?"

머혼은 두 손을 모아 입가로 가져갔다.

"상황이 심상치 않습니다. 렉크 백작이 욘토르 백작과 전쟁하는 것을 꺼려 한다는 건 원래 알고 있었지만, 설마 둘이 뭔가를 꾸밀 줄은 몰랐거든요. 아니, 정확하게 말하면 꾸밀 줄은 알았지만, 욘토르 백작의 일가족을 몰래 다른 나라로 망명시켜 주는 뭐, 그 정도로 예상했습니다. 하지만 렉크 백작의 간은 제 예상보다 매우 컸습니다."

운정이 물었다.

"렉크 백작과 욘토르 백작은 어떤 사람들입니까?"

머혼은 방긋 미소 짓더니 대답했다.

"죄송합니다. 그걸 먼저 설명했어야 하는데. 두 분 다 명망 높은 델라이의 고위 귀족이라고 보시면 됩니다. 렉크 가문과 욘토르 가문은 모두 델라이 개국공신 가문으로 지금까지 살아남은 개국공신 가문은 그 둘밖에 없습니다. 중앙 권력과 거리가 있기 때문도 있지만, 매번 걸출한 인물을 배출했기 때문이기도 하지요. 현 가주로 있는 렉크 백작과 욘토르 백작 모두 쉽게 생각할 수 없는, 다른 귀족들에게도 상당한 영향력 있는 자들입니다."

운정은 과거 의회장에서 욘토르 백작이 한마디 하자, 수많은 귀족들이 용기를 얻고 들고일어났다는 것을 깨달았다.

그리고 그 이후의 장면도 자연스레 떠올랐다. 머혼은 욘토르 백작과 함께한 귀족들을 모두 내쫓고 나서 렉크 백작에게 욘토르 백작과 전쟁을 하라고 강요하다시피 했었다.

다른 귀족들이 욘토르 가문을 멸문시키는 것보다 렉크 본인이 직접 그렇게 하여야만 욘토르 가문의 사람들을 몰래 살려 줄 수 있지 않겠느냐는 것이 당시 머혼의 말이었다.

운정이 말했다.

"의회장에서 봤던 것이 기억납니다. 수순대로 렉크가와 욘토르가 사이에 전쟁이 난 것이로군요."

머혼이 이어 말했다.

"하지만 실질적인 힘은 욘토르 가문이 더 크기 때문에, 흑기사를 렉크 가문에 파병했었습니다. 중원의 무공을 익힌 기사로요. 그런데 아시다시피, 그가 삼 일 전 사망했지요."

운정은 고개를 끄덕였다.

"예, 그때 슬롯 경이 보고하셨었죠."

머혼은 양손으로 무릎을 짚으며 말했다.

"그 직후 또 다른 흑기사를 파병했습니다. 그런데 방금 전, 흑기사가 또 죽었다는 정보가 들어왔습니다. 게다가 더 심각한 건, 이번엔 렉크 백작이 묵묵부답이라는 겁니다."

"……."

"지금까지 흑기사를 여럿 파병했는데, 렉크 가문만 제외하곤 다른 곳에선 압도적인 무위를 보여 주었습니다. 심지어 성이 이미 함락된 상태에서 홀로 괴력을 발휘해 상대 기사단을 모두 도륙하는 일도 있었지요. 그런 흑기사가 죽었다? 한 번은 우연일지 모르지만, 두 번은 우연일 수가 없지요."

스페라는 팔짱을 끼며 말했다.

"그래서 우리보고 가라고요?"

머혼이 그녀와 운정을 번갈아 보며 말했다.

"둘 중 한 분께서 가 주시면 좋을 것 같습니다."

운정은 깊게 심호흡을 한 뒤에 말했다.

"가는 것은 어렵지 않습니다. 다만 함정이라는 생각은 들지 않으십니까?"

머혼은 눈에서 이채를 빛내며 운정을 바라보았다.

"무슨 말씀을 하실지 예상은 가지만 듣고는 싶군요. 적들이 그곳에 함정을 파놓고 운정 도사를 해하려 한다고 생각하시는 것입니까?"

운정은 고개를 저었다.

"그럴 수도 있겠습니다만. 그보다 저나 스페라를 그곳에 붙잡아 놓고, 이곳 델로스를 침공하려는 함정이 아닐까 하는 생각이 먼저 들었습니다."

머혼은 빙그레 웃었다.

"오호, 과연."

운정은 더 생각했다.

"만약 그렇다면 적은 적어도 저나 스페라 중 한 명을 감당할 자신이 있는 것입니다."

스페라가 덧붙였다.

"그리고 렉크 백작가에는 공간이동을 불가능하게 만드는 마법진이라도 설치해야 할 거예요. 그곳에 간 나나 운정이 델로스로 돌아오지 못하게 만들려면."

머혼은 양 손바닥을 보이며 말했다.

"그러면 여러분들 생각에는 어떻게 해결하면 좋을 것 같습니까?"

운정은 스페라를 보며 말했다.

"그러한 마법진이 있다고 가정할 때, 유효 범위는 얼마나 되겠습니까?"

스페라는 어깨를 들썩였다.

"천차만별이지. 하지만 영역이 넓어질수록 들어가는 마나스톤의 양이 기하급수적으로 많아져서. 너무 넓게는 못 할 거야. 끽해 봤자 성 하나 정도? 하지만 그럴 경우 성을 벗어나면 그만이니까, 아마 성 안에서 밖으로 나갈 수 없게 만드는 마법진도 덩달아 설치하겠지."

운정이 머혼에게로 고개를 돌렸다.

"그렇다면 랙크 백작가와 가까운 위치에 있는 다른 곳에 공간이동을 한 뒤, 멀리서 그 성을 살펴보는 것은 어떻습니까?"

머혼은 스페라를 보았다.

"괜찮겠습니까? 저 방법이?"

스페라는 얼굴을 한 번 찡그리더니 말했다.

"잘 몰라요, 나도. 공간이동이 내 전문 분야는 아니잖아요?

나는 그 마법을 쓸 줄만 안다고요. 그걸 막는다거나 좌표를 이상하게 바꾼다거나 하는 응용이나 해킹은 공간 마법을 전문으로 사용하는 사람에게 물어봐야 정확히 알 수 있어요."

"흐음."

"그쪽으로 아는 마법사가 없지는 않은데, 한 번 불러 줄까요?"

"믿을 수 있는 마법사입니까? 개인적인 친분이 두텁다던가."

"아니요, 그 정돈 아니에요."

머혼은 고개를 저었다.

"그럼 됐습니다. 그만큼 큰 스케일로 준비하는 거라면 이미 그쪽 학파와 말이 되어 있겠지요."

운정이 말했다.

"일단은 모두 추측에 불과합니다. 그러니 이건 어떻습니까? 저를 보낸다 하고 한번 다른 사람을 보내 보는 겁니다."

머혼은 다시금 고개를 저었다.

"만약 렉크 백작이 진짜 함정을 팠다면, 그런 수에 넘어갈 자가 아닙니다. 왕궁에서 손을 써서 진짜 운정 도사께서 오는지 다 확인하고 있을 겁니다."

머혼은 고개를 뒤로 돌려 탁자 위에 놓인 문서들을 한번 훑어보더니 깊은 한숨을 쉬었다.

운정은 그런 그의 모습을 물끄러미 보다가 이내 나지막하게 말했다.

"혹시 그 가정이 틀렸다면 어떻습니까?"

머혼 백작은 고개를 갸웃하며 운정에게 되물었다.

"가정이요? 무슨 가정이요?"

운정이 빙그레 웃었다.

＊ ＊ ＊

저녁이 되자 운정과 스페라는 카이랄로 돌아왔다.

카이랄에는 미리 도착한 시아스가 손으로 턱을 받치고 의자에 앉아 있었다. 그녀 앞의 책상 위에는 두 영령혈검이 가지런히 놓여 있었다.

그녀는 중앙 나무에서 걸어 나온 운정과 스페라를 보며 퉁명스럽게 말했다.

"오래 걸리셨네요? 아이시리스가 데려다준 지 몇 시간이나 지났는지 모르겠어요."

시아스는 어찌나 지루한지 그녀의 얼굴이 손 위에서 녹고 있는 듯했다.

스페라는 눈초리를 모으더니 말했다.

"그거 내 의자야."

시아스는 얼굴을 굳히더니 휙 하고 자리에서 일어났다. 그러곤 자신의 몸을 툭툭 털어 보이면서 말했다.

"어쩐지 먼지가 많더라니."

"뭐야?"

시아스는 스페라를 무시하며 운정에게 말했다.

"이제 약속대로 내 몸에서 마를 제거해 주세요."

운정은 고개를 끄덕였다.

"좋다. 다만 신무당파의 제자가 장로에게 함부로 하는 것은 개파조사이자 일대 장문인인 내가 허락할 수 없다. 그러니 시아스, 넌 스페라 장로께 공손한 태도를 보여야 한다."

스페라가 고개를 들며 입을 내밀었다.

시아스는 아무런 말도 하지 못했다.

"……."

운정이 다시 말했다.

"또한 스페라 백작님이 도와주지 않는다면, 넌 크나큰 고통 중에 마를 제거해야 할 것이다. 참고로 내가 직접 겪어 봤는데, 보통 사람이라면 제정신을 유지할 수 없는 수준의 고통이다."

시아스는 언짢은 표정을 지었지만, 이내 스페라를 향해서 고개를 살짝 숙이며 양손으로 치마를 잡았다.

"무례를 용서하세요, 스페라 백작님."

스페라는 팔짱을 끼더니 말했다.

"네 아버지도 나한테 함부로 안 해. 아니? 그러니까 앞으로 처신 잘해라."

"……."

시아스는 미간을 찌푸렸지만, 더 말하지 않았다.

운정이 말했다.

"HDMMC로 들어가도록 하자. 기가 풍부한 곳에서 행하는 것이 좋을 것이니."

운정이 움직이려는데 시아스가 말했다.

"아 잠깐, 시르퀸이 잠시 카이랄에 왔었어요. 소식을 전해 달라고 했는데."

시르퀸과 우화는 바르쿠으르의 어머니가 불러 그곳을 갔었다. 때문에 지금껏 보지 못했는데 드디어 그들의 소식을 알게 된 것이다.

운정이 물었다.

"언제쯤 돌아온다고 했느냐?"

시아스가 대답했다.

"그 말은 없었어요. 다만, 바르쿠으르에 침공한 인간들이 있나 봐요. 그곳에는 와쳐? 와쳐가 단 한 명뿐이라 어머니를 잠시 동안이나마 보호해 주기로 했다고 했어요."

좋지 못한 소식에 운정의 얼굴이 조금 어두워졌다.

"둘이서 말이더냐?"

"저도 의아해서 더 물어보니까, 어머니 주변에만 머무르고 있다고 들었어요. 바르쿠으르는 그 영역에 비해서 개체수가 너무 적어서 반쯤 포기하고 있나 봐요."

바르쿠으르는 본래 수백만 명의 엘프가 살던 곳이다. 그 영역은 한 국가의 비교할 수 있을 만한 수준일 것이다.

하지만 라스 오브 네이쳐(Wrath of Nature)로 인해서 스무 명이 채 안 되는 개체만 살아남았었다. 그러니 그 넓디넓은 영역을 모두 지킬 수는 없어 어머니 주변만 보호하는 듯했다.

그렇다면 사실 침공이라 하기도 민망한 것이다.

운정은 조금 안심하며 물었다.

"인간이 왜 바르쿠으르에 들어왔다고 하느냐?"

시아스는 고개를 저었다.

"그것에 관해선 말한 것이 없어요. 다만 시르퀸도 우화도 어머니를 보호하며 꾸준히 무공을 익히고 있으니, 너무 큰 걱정은 하지 않으셔도 된다고 했어요."

"……"

"그럼 들어가실까요?"

그녀의 질문에 운정은 상념에서 벗어났다.

지금 그들에게 해 줄 수 있는 것은 없다.

급한 일부터 처리하는 것이 수순이다.

운정이 둘러보니 네 개의 HDMMC 중 두 개가 남아 있었다. 하나는 네크로멘시 학파의 알테시스가, 다른 하나는 아마 아이시리스가 사용하고 있을 것이다.

운정이 손을 살짝 뻗자, 책상 위에 있던 영령혈검이 부유하여 그의 등 뒤에 안착했다.

그들은 비어 있는 두 HDMMC 중 하나에 들어갔다.

진득한 마나.

공기 중에 녹아 있는 마나의 양이 상상을 초월할 정도로 많아, 호흡하는 것만으로도 마나가 몸에 가득 차는 듯했다.

그 중앙에서 운정이 시아스에게 말했다.

"가슴을 열어 보아라. 심장 부근만 보이면 된다."

시아스는 조금 불쾌한 표정을 지었지만, 어차피 그녀는 그런 일에 크게 연연하는 사람이 아니다.

그녀는 곧 옷깃을 풀고 가슴 부위를 훤히 드러냈다. 봉긋 솟은 양 가슴 중앙에는 검게 썩어 들어간 듯한 흉터 비스름한 것이 있었다.

시아스는 지금껏 영령혈검을 통해서 계속해서 마기를 몰아냈다. 하지만 그를 통해 마를 거르는 것은 그 농도가 한없이 낮아질 뿐, 마를 완전히 없애지는 못한다. 이는 마치 숫자를 아무리 나눈다 해도 조금은 남는 것과 같았다. 때문에 결국 물리적으로 제거하는 방법이 필요했다.

운정은 스페라를 돌아봤다.

스페라는 눈을 감고 양손으로 지팡이를 잡더니 작게 읊조리기 시작했다.

지팡이를 살짝 흔드는 것만으로 마법을 펼치는 그녀가 시간을 들여 주문을 입으로 직접 외우는 것을 보면, 별로 익숙하지 않은 주문인 듯싶었다.

얼마가 지났을까?

그녀가 눈을 뜨며 지팡이를 휘둘렀다.

[이뮨 투 페인(Immune to pain).]

지팡이에서 뿜어진 은은한 분홍빛이 시아스의 몸에 내려앉자 스페라는 운정을 보고 고개를 끄덕였다.

운정은 시아스에게 말했다.

"가만히 눈을 감고 태극마심신공을 운용하거라. 그를 통해 마가 심장에 모이면 일순간 뽑아낼 것이다. 마법으로 인해 고통은 없겠지만, 자칫 잘못하면 생명이 위험할 것이니 긴장을 늦춰서는 안 된다."

그제야 시아스의 얼굴에도 긴장감이 들어섰다.

"알겠어요, 마스터."

그녀는 눈을 감고 태극마심신공을 운용했다. 매일 같이 했던 일이라 크게 집중하지 않고도 쉽게 할 수 있었다.

운정이 눈초리를 모으고 그녀의 가슴을 자세히 들여다보았다. 썩어 들어간 듯한 그 부분이 심장 박동과 함께 조금씩 경련을 일으키는 것이 보였다. 마기의 특성인 역류로 인해서 심장의 구조가 변질되어 버린 것이다.

운정은 오른손을 집게 모양으로 들어 그녀의 심장 가까이 가져갔다. 그러자 그의 등 뒤에 매달려 있던 영령혈검이 절로 둥실 떠올랐고 그 끝이 시아스의 심장에 닿았다. 운정은 한 손으로 영령혈검의 끄트머리를 잡고, 그 검은 부분을 살짝 찢었다.

푸슛.

마치 먹물과 같은 검은 핏물이 상처 부위에서 튀어나왔다. 시아스는 고통을 느끼진 못했지만, 등골이 서늘해지며 온몸이 차갑게 식는 그 기분은 그대로 느꼈다. 고통 그 자체는 없었지만, 고통으로 인한 육신의 반응은 그대로 나타난 것이다.

팔다리에선 힘이 빠지고 정신은 혼미해져 갔다. 그러나 그녀는 필사적으로 마음을 다잡고 정신 줄을 붙잡았다. 마약은 그녀에게 수없이 많은 해를 끼쳤었지만, 생사의 경계에서 견뎌 나가는 힘을 길러 주었다.

운정은 왼손으로 심장을 압박해서 시아스의 심장에서 검은 피를 뽑아냈다. 그 와중에 시아스의 검은 피가 운정의 얼굴과 몸 위에 뿜어졌다. 운정은 눈 하나 깜짝하지 않고, 내력을 운용해 몸의 겉 표면을 둘렀다. 검은 피는 그의 몸을 침범하지 못하고 그대로 땅바닥에 흘러내렸다.

피슛. 피슛.

박동이 있을 때마다 검은 피가 뿜어져 나왔다. 그러자 점차 검은색이 옅어지고 붉은색을 띠기 시작했다. 심장에 붙어 있는 마가 점차 떨어져 나오며 붉어진 것이다.

하지만 이렇게 해서는 온몸에 피를 뽑아낸다 할지라도 모든 마를 뽑아낼 수는 없을 것 같았다. 한 번에 나오는 양이 점점 적어지고 있었기 때문이다.

운정은 오른손으로 영령혈검을 들고 그 안에 더욱 깊게 집어넣었다. 그러면서 그 영령혈검이 박혀 있는 부근의 심장 근육을 왼손으로 점혈하여 피가 더 나오지 않도록 했다.

그러자 심장에서 뿜어져 나오던 혈액이 크게 감소했다. 영령혈검의 검날을 타고 한 방울씩 맺혀 떨어지는 정도였다. 운정은 검날이 박힌 부근을 왼손으로 잡으면서 오른손을 영령혈검의 검신에 살짝 넣었다. 영령혈검은 본래 운정의 피로 이루어져, 액체와 고체 중간에 있었기에 가능했다.

운정은 그 안에 내력을 불어넣어 영령혈검의 검신 안에서 부유하는 미스릴 조각들을 다뤘다. 큰 조각들은 뒤로 돌리고, 작고 날카로운 조각들만 움직여, 시아스의 심장 안으로 들어가게 했다.

"아앗, 하아."

시아스가 눈을 파르르 떨며 신음을 흘렸다. 고통을 전혀 느끼지 않았지만, 정신이 혼미해지며 몸에 힘이 빠지는 정도는 똑같았기 때문이다. 그녀는 이를 아득 물고는 점차 멀어지는 이성을 부여잡기 위해서 안간힘을 썼다.

운정이 말했다.

"잠시 혈액 순환을 멈출 것이다. 뇌에 혈액이 공급되지 않아 정신이 아득해질 것인데, 최대한 이성을 유지하거라. 중요한 것은 생각을 멈추지 않는 것이다."

이보다 더 정신이 아득해진다면 어떻게 이성을 유지하라는 것일까?

시아스의 표정에 두려움이 가득해져 갔지만, 그녀는 겨우 고개를 끄덕여 보였다. 그녀의 표정엔 결연함 한 줄기가 서려 있었다.

운정 또한 눈을 감고는 심신을 안정시켰다. 네 정령에게 부탁하고는 무궁건곤선공을 끌어올려 몸을 최고조의 상태로 만들었다.

그는 눈을 팟 하고 떴다. 현묘함이 서린 두 눈동자가 영령혈검의 끝이 박혀 있는 시아스의 심장 부근을 면밀히 훑었다. 단순히 그 피부를 보는 것이 아니라 그 안에 있는 혈관을 모조리 꿰뚫는 것 같았다.

운정은 과거 자신이 했던 것을 기억했다. 당시에 심장으로부터 뻗어 나온 혈관들을 모두 막을 수 있었던 것은 본인의 몸이었기에 가능했던 것이다. 지금은 시아스의 몸이니 그가 직접 느낄 수 없어, 오로지 눈으로 가늠하여 혈관을 모두 막아야 했다. 하나라도 막지 않으면, 긁어낸 마들이 그쪽으로 흘러들어 가 혈관을 막아 버릴 수도 있었다.

운정은 왼손을 들었다. 그리고 보이지 않을 정도로 빠르게 시아스의 심장 부근을 수십 번 점혈했다. 심장에서 뻗어 나온 핏줄은 물론이고, 심장 자체로 돌아가는 핏줄까지도 모조리 내력으로 막아 버렸다.

그러자 시아스의 몸이 사시나무처럼 떨리기 시작했다. 그녀는 눈을 반쯤 떠 버렸는데, 그 아래로는 흰자만이 보였다. 피부는 점차 보랏빛으로 변해 가기 시작했으며, 손톱과 발톱은 검게 물들기 시작했다.

운정은 빠르게 영령혈검 내부의 미스릴 조각들을 다루어 심장 내부의 마를 일순간 긁어내기 시작했다. 그렇게 미세한 것 하나 놓치지 않고 모두 긁어낸 그는 이제 영령혈검에 넣었던 손가락을 빼고는 그 검신을 부여잡았다.

그리고 한순간 뽑아냈다.

피슈슛-!

심장 내부에 있던 피가 긁어진 마와 함께 앞으로 쏟아졌다. 마치 막아 놓은 댐이 무너지며 홍수가 나는 것처럼, 시아스의 심장에서 쏟아진 검은 핏물은 그 앞을 또다시 피바다로 만들었다.

운정은 마지막 마까지 모조리 나온 것을 보고는, 영령혈검을 버렸다. 그리고 양손을 모아서 시아스의 심장에 난 상처를 부여잡고는 강력한 선기를 불어넣었다.

그러자 그 부근의 상처가 서서히 아물기 시작하더니, 이내 완벽하게 봉합되었다.

운정은 양손의 검지와 중지를 편 후에, 점혈해 두었던 혈관들을 모조리 풀었다. 그러자 피를 모조리 쏟아 낸 심장에 다시금 피가 가득 차올랐다. 전과 다른 점이 있다면 마가 일절 섞여 있지 않는 깨끗한 피라는 점이었다.

이내 부들거리던 시아스의 몸이 안정을 되찾았다. 그뿐만 아니라 진동하던 눈꺼풀도 편안히 감겼고, 보랏빛을 띠던 피부도 점차 건강한 혈색을 되찾았다. 검게 변했던 손톱과 발톱도 다시 본래의 색을 띠기 시작했다.

운정은 시아스를 편안한 자세로 눕혀 주었다. 시아스는 평온한 표정으로 새근새근 잠을 잤다.

그는 가부좌를 틀고 내력을 운용했다. 고된 작업으로 지친 몸과 마음을 선기로 달래 주는 것이었다.

*   *   *

그가 눈을 뜨고 일어났을 때, 스페라는 보이지 않았다.

운정은 앞에 누워 있는 시아스에게 눈길을 돌렸다. 아이처럼 잠을 자고 있는 그녀는 좋은 꿈이라도 꾸는지 얼굴에 옅은 미소를 품고 있었다. 다만 그녀의 가슴이 훤히 드러나 있었다.

운정은 그녀의 상의를 여며 주고는 그녀의 손목을 진맥하여 그의 내력을 불어넣어 보았다.

손톱만 한 마도 느껴지지 않았다.

"다행이군. 조금이라도 남았다면 이 작업을 다시 했어야 했을 텐데."

운정은 자리에서 일어났다.

그가 HDMMC 밖으로 나가니, 한쪽에서 알테시스와 스페라가 이야기를 주고받고 있었다.

전처럼 적의는 없는 듯 보였다.

그들은 각자의 방법으로 인사했다.

"안녕하십니까, 운정 도사."

"오? 잘 쉬었어? 시아스는 어때?"

운정이 그들에게 다가오며 말했다.

"잠을 자고 있습니다. 피가 많이 소진돼서 꽤 오랫동안 잠을 자야 할 겁니다. HDMMC 안에선 호흡만으로도 마나가 찰 테니, 스스로 일어날 때까지 두면 될 듯합니다."

"다행이네. 그럼 걔는 이제 선공을 익히는 건가?"

운정은 고개를 끄덕였다.

"그렇습니다. 무당산의 정기가 없는 한 엘리멘탈에 의존한 방법을 신무당파의 정식 무공으로 만들 예정입니다. 시르퀸도 우화도 없는 지금 그녀가 첫 대상자가 되겠군요."

"흐음."

"생각해 봤는데, 속가제자와 정식제자 간의 무공 차이도 이

것으로 두면 될 듯합니다. 신무당파의 정식제자가 되면 단전에 실프와 노움을 두게 하여, 무궁건곤선공의 위력을 십분 발휘할 수 있게 하는 것입니다."

"아, 맞아. 그렇게 해야지만 선기의 회복이 빠른 거지? 엘리멘탈이 없는 속가제자들은 회복이 어려울 거고."

"그렇습니다."

스페라는 어깨를 들어 올렸다 내렸다.

"제도화하긴 어려워 보이네. 어떻게 모든 정식제자들에게 엘리멘탈을 줄 생각이야?"

"그에 관해선 저처럼 엘리멘탈의 알을 이용하면 어떨까 생각 중입니다. 신무당파는 바르쿠으르와 우호 관계를 맺고 있으니, 그의 어머니에게 부탁하여 지속적으로 공급받으려 합니다."

"흐음. 과연 가능할까? 엘리멘탈의 알은 엘프들도 소중히 여기는 건데?"

"그들은 철저한 이해관계로 행동합니다. 엘리멘탈을 주는 대가로 더욱 큰 이익을 보장한다면 신뢰가 쌓여 있는 한 엘리멘탈의 알을 공급받는 것은 어렵지 않을 겁니다."

"흐음, 좋아. 일단은 그걸 해결 봐야겠네."

운정은 스페라를 향해 웃어 보이곤, 이제 알테시스를 돌아보았다.

"깨달음은 얻으셨습니까? 그랜드위저드에 올라서야만 네크로멘시 학파가 안정적으로 뿌리내릴 수 있다 하셨지요?"

알테시스는 고개를 끄덕였다.

"아직은 오묘합니다. 안 그래도 여기 계신 스페라 님께 조언을 구하고 있었습니다."

운정이 의외라는 표정으로 그녀를 보자, 스페라는 그의 눈길을 피하면서 툴툴거렸다.

"네가 끌어들인 거잖아. 그러니 어쩔 수 없지 도와줬지. 아, 그리고 그랜드위저드가 되어 주지 않으면 계속 카이랄에 남아 있을 거니까. 그게 싫어서 그런 거야."

운정과 알테시스는 희미한 미소를 지었다.

알테시스는 운정을 향해서 말했다.

"혹 괜찮으시다면 잠시 이야기를 나눌 수 있겠습니까?"

운정은 고개를 끄덕였다.

"물론입니다. 내일 아침까지 시간이 있으니, 얼마든지 말씀하십시오."

알테시스는 조금 뜸을 들이더니 곧 운정에게 말했다.

"전 제게 호의를 베푼 사람을 절대로 배신하지 않습니다. 지금까지 그런 적은 단 한 번도 없습니다. 때문에 신무당파의 개파조사인 운정 도사께서 제게 베풀어 주신 은혜 또한 평생 잊지 않을 것입니다."

"아닙니다."

"운정 도사께서는 약조한 것을 지켰으니, 또한 앞으로 제가 이끌 네크로멘시 학파는 신무당파의 강령에 부합하여 행동할 것임을 약속드립니다. 이것은 제가 단순히 욘과 '고바넨을 옆에서 지켜보며 규율의 존재가 필수적이라고 느낀 것에서 비롯되었기 때문만은 아닙니다. 네크로멘시 학파가 신무당파에 부속될 순 없지만, 신무당파의 규율과 상반되는 길을 걷지는 않겠습니다."

운정은 포권을 취했다.

"신무당파의 규율 안에서 행동하신다면, 신무당파와 네크로멘시 학파가 우호 관계를 맺지 못할 이유가 없습니다. 이제 막 개파한 신무당파는 앞으로 마법적인 도움도 많이 필요할 텐데, 앞으로 서로의 가려운 등을 긁어 줄 수 있다면 모두에게 좋은 일일 것입니다."

알테시스는 공손히 말했다.

"그런 의미에서 앞으로 네크로멘시 학파의 강령을 세우는 데 있어 신무당파의 규율에서 도움을 찾고자 합니다."

운정은 포권을 내렸다.

"마음껏 질문해 주십시오."

알테시스는 생각을 정리한 뒤 말했다.

"네크로멘시 학파에서 가장 먼저 세워야 할 강령은 바로 패밀리어를 얻는 부분입니다. 네크로멘시 학파는 그 근본에 부활 마법이 있습니다. 잘 아시다시피 죽은 시체에 가공된 생명을 불어넣는 것이지요. 이에 부활 마법을 통해 되살린 시체를 패밀리어로 부리게 되는데, 그 범위는 살아 있는 모든 것에 미칩니다. 이것이 네크로멘시 학파가 가진 힘의 근본이며 또한 타락의 근본이기도 합니다. 이에 관해서 운정 도사의 생각은 어떨지 궁금합니다. 어떤 강령을 세우는 것이 네크로멘시 학파가 발전하고 또 보존하게 되리라 생각하십니까?"

그것은 지금까지 깊게 생각한 적이 없었던 질문이라, 운정은 조금 고민해야 했다. 물론 네크로멘시 학파와의 공생에 관해서 대략적으로 그려 놓은 그림은 있었지만, 이렇듯 구체적인 부분에 대해서는 미처 떠올리지 못한 것이다.

그가 한동안 말이 없자 옆에서 그들을 지켜보던 스페라가 아이디어를 냈다.

"간단하지. 자연적으로 죽은 것만 되살리면 되잖아? 살인을 금지하면 문제될 거 없지 않아?"

그 말에 알테시스가 말했다.

"그러한 강령은 몇십 년만 지나도 흐지부지될 겁니다. 자연적으로 죽이도록 유도하고 자연적으로 죽였으니 괜찮다고 하며 아무 시체나 패밀리어로 삼겠지요."

"……."

"전 좀 더 근본적으로 학생들의 욕망을 제어할 수 있는 방도가 있지 않을까 합니다."

스페라는 투덜거렸다.

"그런 식이라면 어떠한 강령을 세워도 마찬가지일 거야. 아무리 완벽하게 제도를 만들어 놔도 악의를 품고 그걸 빗겨 가려면 충분히 빗겨 갈 수 있다고. 세상에 완벽한 제도가 있었다면 모든 학파가 그걸 통해서 수천 년 동안 유지되지 않을 이유가 없지. 유능한 지식인들이 모여 나라를 세워도 대부분 몇백 년 동안 존속될 뿐. 결국은 무너진다고."

그때 운정이 나지막하게 중얼거렸다.

"그래서 더더욱 복잡하게, 또한 세밀하게 법을 만들지요. 하지만 그것은 그저 그 집단의 수명을 늘리는 것에 불과합니다. 인간이 자기 스스로의 악의를 바라보지 못하게 이중 삼중으로 마음을 가려 주는 역할을 하는 것뿐입니다. 제도만으로는… 그렇지요."

알테시스는 운정의 무거운 표정을 보며 물끄러미 바라봤다.

"운정 도사께도 같은 고민이 있군요."

운정은 고개를 저었다.

"아니요, 사실 제게는 다행히도 이미 답이 있습니다. 이는 신무당파가 아니라 본래 무당파에서부터 온 것이긴 합니다만."

알테시스의 얼굴이 밝아졌다.

"그렇습니까?"

운정이 고개를 한 번 크게 끄덕이던 대답했다.

"무당파에선 공과율이란 것이 있습니다. 말씀하셨던 강령과도 비슷한데, 선행과 악행을 산술적으로 정의해서 선악의 수치가 일정 수준 이하로 내려가면 몸에 마가 생겨 무공을 더 이상 정진할 수 없게 되는 형식입니다."

알테시스는 느리게 고개를 끄덕였다.

"흐음. 그런 방법이? 힘과 선을 하나로 묶어 뒀군요."

"이를 무협(武俠)이라 합니다. 무협으로, 무당파는 오랜 세월을 이어 왔습니다. 하지만……."

"하지만?"

운정은 고개를 들고 알테시스를 바라보며 말했다.

"그런 무당파 또한 결국은 무너졌습니다."

알테시스의 눈썹이 좁아졌다.

"어떻게 무너졌습니까?"

운정은 검선을 떠올리며 대답했다.

"천부적인 자질을 가진 제자가 있었습니다. 그는 씻을 수 없는 죄악을 저질러 왔고, 그로 인해 몸에 상당한 마가 쌓였었습니다. 더는 정진할 수 없을 뿐 아니라, 곧 죽을 운명에 처했지요. 하지만 그는 그의 남다른 오성으로 그것을 돌파할 방법을 찾아내고 말았습니다. 그로 인해서 그는 무당파의 규율에서 자유로운 몸이 되었습니다. 무당파의 힘을 무당파의 규율 밖에서 사용할 수 있게 된 것입니다."

"……."

"이후 무당파의 몰락은 네크로멘시 학파와 크게 다르지 않습니다. 힘만을 추구하다가 마성에 지배를 받게 되어 자멸하게 되었지요."

알테시스의 눈길이 땅을 향했다.

"힘과 선을 한데 묶는 그 놀라운 방법조차도 필멸의 운명에서 벗어나지 못하였군요."

"규율이나 제도, 또 강령 역시 결국 다 인간이 만드는 것이니까요. 후대의 인간 중 누군가는 극복하기 마련입니다. 그리고 그때 그 사람은 더할 나위 없는 자유를 맛보게 되지요."

"자유?"

"자유입니다. 규율에서의 자유. 강령에서의 자유. 제도에서의 자유. 자신의 힘을 마음껏 쓸 수 있는 자유입니다. 사람이 힘을 왜 탐내겠습니까? 사람은 머리로는 모든 것을 할 수 있으나, 현실에선 그렇지 못합니다. 그렇기에, 그 간극을 해결하고자 하는 것이지요. 그것이 전부를 파멸로 이끈다 해도 말입니다."

"……."

운정도 알테시스처럼 그 시선이 땅으로 향했다.

"그러고 보면 규율과 제도 또한 한 집단이 오래 살아남기 위해서 존재하는 것이로군요. 이 또한 공생과 연관 있고."

알테시스는 고개를 들어서 운정을 바라보았다.

"좋은 방법이 없겠습니까?"

운정 역시 고개를 들어 그와 눈을 마주치며 말했다.

"우선은 힘과 선을 엮을 방도를 찾아내 보십시오. 네크로멘시 학파의 강령이 무엇이 되었든, 그것을 따르지 않을 경우 그 힘이 제한당할 수 있도록… 그것을 찾아내는 것이 우선일 듯 합니다. 그 이후, 강령을 최대한 보강하는 것이 집단을 오래 유지할 수 있는 최선이지 않겠습니까?"

"……."

"무당파의 내공심법은 그 깨달음과 깊은 연관이 있어 무와 협이 자동적으로 연결되어 있지만, 네크로멘시에서 이를 어떻게 연관시켜야 할지는 온전히 마스터 알테시스에게 달려 있을 것입니다. 이런 방법이 있다면, 저런 방법도 있겠지요."

그 말을 듣는 순간 알테시스는 무언가 깨닫는 것이 있는 듯했다.

그는 곧 운정을 향해서 고개를 푹 숙였다.

"감사합니다. 그 문제뿐 아니라, 마법 자체에 있어서도 제게 깨달음을 주셨습니다. 이를 놓치고 싶지 않아서 그러는데, 염치없지만 바로 HDMMC에 가서 공부를 계속하고 싶습니다."

운정은 환하게 웃었다.

"약조한 대로 그랜드위저드가 되실 때까지 얼마든지 사용하십시오."

알테시스는 스페라에게도 짧게 인사하더니, 바로 몸을 돌려 HDMMC으로 들어갔다.

스페라는 그의 뒷모습을 물끄러미 바라보다가 툭하니 말했다.

"음침한 학파 놈치고는 괜찮은 것 같아. 저런 자가 마스터라면 네크로멘시 학파도 쇄신할 수 있겠지."

운정도 그녀를 따라서 그의 뒷모습을 바라보다가 나지막하게 말했다.

"개파 선언문을 수정하고 싶습니다."

스페라는 고개를 돌려서 그를 돌아봤다.

"그래? 어느 부분을?"

운정이 말했다.

"'이 세상에 존재하는 모든 생명이 조화롭게 생존하고 번성하는 것을 자명한 선으로 선언한다'는 부분에서 '생명'에 좀 더 정확한 정의가 필요할 듯합니다."

스페라는 고개를 내밀며 운정을 올려다보았다.

"그래? 어떻게 바꾸고 싶은데?"

운정은 턱을 매만지다가 그녀를 내려다보았다.

"바꾼다기보다는, 생명과 생명의 집단으로 확장하고자 합니다."

"생명의 집단이라… 그러니까, 국가와 학파 혹은 문파까지도 확장하는 거네?"

"네."

"흐음. 뭐 딱 들었을 때 나쁘지는 않는 것 같은데."

운정은 작게 미소 지었다.

"일단 조금 더 생각해 보겠습니다. 저도 HDMMC 하나에 들어가서 잠시 명상을 하고 있겠습니다. 아침까진 아직 시간이 있으니."

"뭐, 그러든지."

운정은 그대로 몸을 돌려 비어 있는 HDMMC에 들어갔다.

그의 걸음걸이는 알테시스의 그것과 너무도 비슷했다.

스페라는 눈초리를 좁히며 중얼거렸다.

"하아, 그러고 보니 나만 일거리가 남았잖아. 텔레포트를 담으려면… 아후, 잠도 못 자겠네."

그녀는 곧 품에서 그린 마나스톤(Green Manastone) 하나를 꺼냈다.

*   *   *

임모라는 감고 있던 눈을 떴다.

그러자 그의 앞에 서 있던 두 와쳐가 멀뚱히 그를 쳐다보고 있었다. 그 표정을 통해서 그는 지금이 자기가 말할 차례라는 것을 깨달았다.

아마 딴생각에 잠깐 빠졌나 보다.

"그러니까. 다시 설명해 보십시오. 뭘 했다고요?"

임모라의 질문에 와쳐가 말했다.

"공간이동을 했습니다. 제가 물어보니까, 열매들을 더욱 효과적으로 돌보기 위해서 그랬다는군요."

와쳐는 무표정한 얼굴로 담담하게 말했다.

임모라는 두통을 느끼며 말했다.

"아니, 도대체 그 그로우어가 어떻게 마법을 펼쳤다는 겁니까? 어디서 마법을 배웠고요?"

와쳐는 옆에 있는 다른 와쳐와 눈을 마주치더니 대답했다.

"그야 제가 모르는 일입니다."

임모라는 답답하다는 듯 말했다.

"아니, 그걸 보면서도 이상하다는 생각을 못 했다는 겁니까?"

그 말에는 다른 와쳐가 말을 이었다.

"저희는 그걸 판단하는 자들이 아닙니다."

임모라는 양손을 들어서 관자놀이를 짚었다.

"아무리 그래도 그렇지, 일족 내 이상 행동에 대해서는 인지하실 수 있지 않습니까?"

두 와쳐는 임모라를 바라보며 각자의 답을 내놓았다.

"인지하기는 했습니다만, 어머니께서 새롭게 실험하는 개체인가 했지요."

"저 또한 인지했습니다만, 그로우어의 일에 대해서 전혀 아는 바가 없어 더 생각하지 않았습니다."

임모라는 한숨을 깊게 내쉬더니, 손을 저었다.

"알겠습니다. 일단 그 그로우어를 데려오십시오."

두 와쳐는 임모라의 집에서 나갔다.

임모라는 목이 타는 듯한 감각을 느끼곤 자리에서 일어났다. 그리고 집 한구석에 마련된 식수대에 갔다.

생물학으로 인해 만들어진 그 변이 잎사귀는 그 끝에서 맑은 물을 끊임없이 생성했다. 그리고 그렇게 만들어진 물줄기는 집을 통과하며 떨어져서, 그 바닥에 난 깊은 구멍으로 들어갔다.

임모라는 양손을 모아서 물을 받았다. 그리고 고개를 숙여 그 물을 마셨다. 그 물속에는 수분뿐 아니라 다양한 영양분이 함유되어 있어 배고픔까지도 절로 해결되는 듯했다. 때문에 임모라는 배가 가득 찰 때까지 그 물을 마시고 말았다.

얼마나 지났을까? 입구 쪽에서 인기척을 느낀 그는 겨우 물에서 입을 뗐다. 그리고 입구 쪽으로 가보니, 아까 있었던 두 와쳐가 한 그로우어를 데려왔다.

그녀의 표정은 불안해 보였다. 두려워하는 것 같아 보이기도 했다.

그도 그럴 것이, 임모라는 일방적인 추방권을 가지고 있다. 한 개체가 일족에 해가 된다고 그가 판단하면, 그 개체는 추방되어질 수밖에 없다.

임모라는 두 와쳐 중 하나에게 말했다.

"바이올로지스트(Biologist) 한 명에게 말을 전해 주십시오. 새로운 물은 그 효과가 대단해서 개체의 효율이 상승할 것 같긴 하지만 그 중독성 역시 너무 강해서 자칫 잘못하면 자기 할 일을 내팽겨… 아닙니다. 그냥 소환해 주십시오. 직접 말하겠습니다. 어차피 사막 일족과의 일도 있고 해서 만나야 하니."

아리송했던 와처의 표정이 밝게 변했다. 복잡한 일에 끼이기 싫었던 그녀는 행여나 임모라의 마음이 바뀔까 서둘러 움직였다.

임모라는 이제 그의 앞에 있는 그로우어를 보며 말했다.

"와처에게 듣자 하니, 당신이 공간이동을 했다고 합니다. 혹시 그가 잘못 본 것입니까?"

그 그로우어는 떨리는 입술로 말했다.

"자, 잘못 보지 않았습니다. 전 공간이동을 했습니다."

"왜 하셨습니까?"

"이, 일을 더 효, 효율적으로 하기 위해서입니다. 페어리를 관리하는 일에 공간이동을 사용하면 하, 한 번에 마, 맡을 수 있는 열매의 양이 두 배는 더 늘어날 수 있을 듯해, 해서……."

"그렇다면 우선 제게 말을 했어야 하지요. 그 일로 인해 일족에 해가 된다면 어쩌려고 그러신 겁니까?"

그녀는 두 손을 가슴에 모으고 조금 큰 목소리로 말했다.

"저, 절대 일족에 해를 끼치려고 그, 그런 것은 아닙니다."

"물론 그렇겠지요. 하지만 당신의 행동이 해가 될지 안 될지는 당신이 판단할 수 있는 문제가 아닙니다. 그렇기에 제가 있는 것이고요."

"그, 그럴 수가… 저, 저는 그저 페, 페어리들을 더 잘 돌보고 싶어서… 지, 지금도 사실 여기 있으면 아, 안 됩니다. 아이들이 미, 민감할 시기라 제가 조금이라도 옆에 없, 없으면. 조기 부화 할 수도 있습니다. 마, 만약 그런 일이 일어나면… 저, 저는… 너, 너무 슬플 겁니다."

"슬프겠지요. 당신은 그렇게 느끼도록 태어났으니까요."

"……."

그로우어는 아무 말 하지 않고 임모라를 올려다보았다.

임모라는 냉정한 눈빛으로 그녀를 바라보면서 물었다.

"그 사실에 관해서는 어떻게 생각하십니까?"

"예?"

"당신의 나이 정도 되면 슬슬 깨닫지 않습니까? 당신이 느끼는 감정이나 생각이 다 어머니께서 설계한 대로 이루어진다는 사실 말입니다."

그로우어의 눈빛이 살짝 가라앉았다.

이윽고 그녀가 고개를 끄덕였다.

"알고 있습니다."

"그 사실에 대해서 어떻게 생각하시는지 말씀해 보십시오."

그로우어는 영문을 모르겠다는 듯 임모라를 보다가, 곧 뒤에 있는 와쳐를 돌아봤다.

와쳐 또한 아리송하다는 표정을 지어 보일 뿐 이렇다 할 말을 하지 않았다.

그로우어는 결국 다시 임모라를 보더니 나지막하게 말했다.

"가, 감사하죠. 해, 행복하고. 이런 일을 제게 맡겨 주셔서 전 좋습니다. 보… 보람을 느낍니다."

"그렇군요."

임모라는 와쳐에게 손짓했다.

그러자 그 와쳐가 임모라에게 물었다.

"지금 저보고 가서 제 일을 보라는 겁니까?"

"예. 이 그로우어를 추방할 일은 없을 테니, 당신이 있을 필요는 없습니다. 아니, 오히려 당신이 저와 이 그로우어의 사이에서 나누는 대화를 듣고 정신이 불안정해질 수 있으니 먼저 가 보라는 겁니다."

와쳐는 고개를 끄덕이더니 몸을 돌렸다.

그로우어의 표정은 한결 편안해졌다.

임모라가 말했다.

"페어리를 돌보느라 시간이 없었을 텐데, 공간이동 마법은 어떻게 배우신 겁니까?"

그 그로우어는 방긋 웃더니 설명했다.

"저는 제가 받은 영양분에 비해서 일을 잘합니다. 그래서 다른 그로우어들에 비해서 여분의 시간이 많이 남습니다. 그럴 땐 주로 아이들과 이야기를 나누곤 하지요. 그런데 한 하이엘프가 열매를 관리하는 법에 대해서 관심이 많으셨습니다. 제가 쉬고 있을 때마다 찾아오셔서 제게 많은 것을 물어보셨지요."

"……."

"물론 하이엘프들은 대체로 열매를 관리하는 일에 관심이 많으시지만, 그분은 유독 많으셨습니다. 전 제 의무대로 성실하게 설명해 주었었죠. 그런데 어느 날 그녀가 제게 고맙다면서 마법을 가르쳐 주었습니다. 열매를 관리하고 페어리들을 키우는 데 도움이 될 거라며 말입니다. 그중 공간이동이 가장 효율을 극대화할 수 있는 것 같아서 그 위주로 공부하여 사용할 수 있게 되었습니다."

"……."

"임모라?"

임모라는 상념에서 벗어나면서 말했다.

"알겠습니다. 누군지 알 것 같군요. 일단 당신에겐 마법을 금지하겠습니다. 어머니와도 상의해 보고 좀 더 깊게 고민한 뒤에 답을 드리겠습니다."

그 그로우어는 안타깝다는 듯 되물었다.

"마, 마법을요? 다시 한번 생각해 주실 순 없나요? 공간이동을 활용하면서 두 배 이상, 어쩌면 그보다 더 많이 관리할 수 있게 되었습니다. 그만큼 영양분도 절약할 수 있습니다."

"다시 말씀드리지만, 그 부분은 제가 판단합니다."

"……."

"돌아가십시오. 그리고 마법 없이 기존의 방법대로 일을 하십시오."

그로우어는 서글픈 표정으로 임모라의 처소에서 나갔다.

임모라는 두통이 조금 가라앉을 때까지 앉아 있다가, 자리에서 일어났다.

그때 저 멀리 한 나뭇가지 위에서, 한쪽에서 등에 사슴 가죽을 둘러멘 한 엘프가 걸어오고 있는 것이 보였다. 바이올로지스트인 그 엘프는 눈을 동그랗게 뜨더니 말했다.

"뭡니까? 소환해 놓고 자리를 비우려는 건?"

임모라는 미안한 투로 대답했다.

"급한 일이 생겼습니다. 그래서 가 봐야 할 듯합니다."

그 엘프는 기가 막힌다는 듯 말했다.

"참 나. 나도 시간이 없습니다. 절벽이 발견 당시보다 세 배 이상 깎인 것은 아시지요? 게다가 그 사막 생물도 기하급수적으로 번식하고 있으니, 빠르게 막지 않으면 순식간에 사막이 숲을 다 먹어 버릴 겁니다."

"압니다. 연구실로 돌아가서 기다리시면 제가 직접 찾아뵙겠습니다. 그럼 먼저 갑니다."

"하! 이렇게 시간 낭비 한 걸로 산 하나는 사라졌다 보시면 될 겁니다!"

날카롭게 외친 그녀는 몸을 휙 돌려 다시 자신의 연구실로 돌아갔다.

임모라는 그에 관한 생각을 접고는 서둘러 걸음을 바삐 해서 한 하이엘프의 처소에 갔다.

다행히 그녀는 그 안에 있었다.

"어서 와."

하이엘프는 이상한 도구를 들고 있었다. 손바닥만 한 그것은 그 중앙에 둥그런 유리가 겹쳐 있었는데, 하이엘프는 그 물건을 통해서 거대한 마법책을 살피고 있었다. 사다리 위에 걸터앉은 채로 고개를 숙이고 연구하는 모습이 꽤나 자연스러운 것을 보니, 오랫동안 그렇게 있었던 것 같다.

그녀가 고개를 돌려 임모라를 봤는데 그 도구를 통해서 보이는 그녀의 두 눈이 얼굴을 삼킬 만큼 커져 있었다.

임모라가 경악하며 물었다.

"누, 눈이 왜 그렇게 변했습니까?"

하이엘프가 그 도구를 슬쩍 옆으로 치우자, 눈이 원래대로 돌아왔다.

그녀는 방긋 웃으며 말했다.

"돋보기야. 빛을 휘어지게 만들어서 작은 걸 더 크게 보이게 하지."

"무, 무슨……."

"저 친구한테서 배웠어."

하이엘프는 한 손으로 구석을 가리키더니, 다시 몸을 돌려 그 거대한 책을 연구했다.

임모라가 그쪽을 바라보니, 멍한 표정을 짓고 있는 남자가 있었다.

그는 전에 하이엘프와 함께 그 거대한 철공 안에서 찾았던 남자였다.

임모라가 말했다.

"저, 저자를 여기에 데리고 오셨습니까?"

하이엘프는 여전히 자기 앞에 있는 거대한 책에 눈길을 두면서 대답했다.

"응. 말이 안 통해서 말이야. 그래서 내 패밀리어로 삼았어."

"예?"

"패밀리어로 삼았다고."

"인간을요? 어떻게요? 그건 절대 불가능합니다."

"죽인 다음 시체로 만들면 돼. 때문에 언어의 장벽을 넘어서 대화할 수 있게 되었지."

"……."

"말했잖아, 강령 마법도 익혔다니까? 안 그래도 패밀리어를 하나 만들려고 했는데 잘됐지 뭐야."

"……."

"근데 뭔 일이야? 네가 나를 먼저 찾은 건 근 몇 년 만의 일 인걸. 기대되는데?"

임모라는 그 인간 남자를 물끄러미 바라보다가 곧 시선을 거두었다.

당장 그녀에게 물어야 할 것이 있었기 때문이다.

"그로우어 한 명이 하이엘프에게 공간이동을 배웠다고 합니 다. 저희 일족에 있는 하이엘프들 중 그런 해괴한 짓을 할 만 한 사람은 당신밖에 없다고 생각해서 확인차 왔습니다."

하이엘프는 순순히 대답했다.

"아, 고바넨 말하는 거야?"

"고바넨?"

"그 그로우어 말이야. 내가 마법을 가르친."

임모라는 고개를 흔들었다.

"뭐, 아무튼. 그래서 당신이 가르친 겁니까?"

하이엘프는 고개를 돌려 임모라에게 말했다.

"패밀리어를 가지고 나니까, 위저드가 된 거잖아? 그래서 정 식으로 제자 하나를 받고 싶어져서. 그래서 많은 개체들을 여 기저기 살펴봤는데, 고바넨만큼 마법에 재능이 있어 보이는 개체가 없더라고."

"……."

"그래서 그녀를 제자로 삼았지! 대단하지? 참 순수하고 귀한 마음씨를 가졌어, 고바녠은."

임모라는 깊은 한숨을 쉬었다.

"정말… 당신 이러다가 추방이라도 당하면 어쩌려고 그러십니까? 예?"

하이엘프는 코웃음을 쳤다.

"그걸 결정하는 건 너잖아? 네가 그렇게 결정하지 않으면 그만이지."

임모라는 소리쳤다.

"미내로!"

"왜? 왜 그렇게 소리쳐?"

"이제 그런 생각은 그만하셔야 합니다! 메타 사고가 허락된 건 오로지 디사이더뿐입니다! 아무리 당신이 어머니의 총애를 받는 하이엘프라고 할지라도 메타 사고를 계속하시다간, 결국 추방되실 겁니다!"

하이엘프 미내로는 어깨를 들썩였다.

"알았어, 알았으니까, 일로 와 봐."

"……."

"삐지지 말고. 와 보라니까?"

"왜요?"

"마법에 관한 지혜가 필요해. 넌 그 부분에 타고났잖아? 그러고 보면 어머니도 웃겨. 나도 그렇고, 너도 그렇고, 고바넨도 그렇고. 특이 개체들은 하나같이 마법에 관련된 재능이 있네. 이거 어머니가 은근히 실험하는 건 아니겠지? 아무튼, 이거 해석 좀 도와줘 봐."

"……."

"얼른. 너도 마법 해석하는 거 좋아하면서, 뭘. 저 남자에게서 얻은 지식으로 조금 실마리가 잡혔거든? 근데 아직 좀 어려워. 하지만 너라면 가능할걸?"

"됐습니다."

"무려 차원이동이야. 가뜩이나 마법에 관심이 많은 네가 이걸 안 본다고? 말도 안 되는 소리."

임모라는 질렸다는 듯한 표정을 지었다.

하지만 그의 발은 이미 앞으로 향하고 있었다.

*　　　　*　　　　*

"운정, 일어났어?"

스페라의 다정한 소리에 운정이 눈을 부스스 떴다.

꿈의 잔상들이 날아가며 현실이 그의 앞에 보였다.

스페라는 걱정스러운 표정을 하며 말을 이었다.

"네가 좀처럼 깨어나지 못하다니. 어젯밤에 너무 무리한 거 아니야? 오늘 일은 위험할 수도 있잖아?"

운정은 자리를 털고 일어나며 말했다.

"심신의 상태는 최고조라 해도 좋습니다. 잠에서 깨지 못한 이유는 피로가 쌓였기 때문은 아닐 겁니다."

"그럼?"

운정은 다시금 눈을 감았다.

"뭔가, 기억이 떠오릅니다. 그 안에서는 전혀 위화감이 없지만, 생각해 보면 제가 알지도 못하는 언어들과 제가 본 적도 없는 장면들이 튀어나옵니다. 그래서 더 혼란이 오는 것 같고……"

스페라가 한숨을 쉬더니 말했다.

"최근 삼 일간 마법 공부를 너무 열심히 한 탓일 수도 있어. 머리가 고갈된 포커스를 채우려다 보면 꿈자리가 사나워지기 일쑤거든. 가위도 자주 눌리고 그래."

운정의 눈썹이 살짝 꿈틀거렸다.

"그러고 보니 마법을 익히면 익힐수록 조금씩 더 뚜렷해지는 듯합니다. 뭐랄까, 마법에 대한 이해가 늘어나면 늘어날수록 말입니다."

"그래? 흐음. 이상하네."

운정은 눈을 뜨고 스페라를 돌아보며 말했다.

"아무튼 큰 걱정은 하지 마십시오. 별일 아닐 겁니다."

스페라는 운정의 어깨에 손을 올렸다.

"네가 그렇다면야."

그녀는 운정과 함께 HDMMC를 나왔다.

밖에는 아이시리스와 조령령이 놀고 있었다. 깃털이 달린 작은 공을 그물이 달린 막대기로 때리면서 주고받는 듯했다.

조령령은 너무나 즐거운지 연신 웃음소리를 내며 놀았는데, 아이시리스는 전신에서 땀을 뻘뻘 흘리며 그녀와 놀아 주고 있었다.

막 깃털 달린 공을 내보내려던 조령령이 운정을 보곤 인사했다.

"안녕, 운 오라버니!"

이에 아이시리스도 인사했다.

"안녕하세요, 운정 도사님."

그들은 모두 한어로 말했다.

운정 또한 그들에게 한어로 말했다.

"공놀이를 하다니, 의외로구나."

그의 말은 둘 모두에게 해당하는 말이었으나, 그 의미가 조금 상반됐다.

조령령은 더욱 쾌활하게 웃으며 말했다.

"공놀이는 너무 오랜만이야! 너무 좋아!"

아이시리스는 이마의 땀을 훔치며 말했다.

"머리를 풀어 주고 있었어요."

좀 더 정확하게 말하면 고갈된 포커스를 채우는 것이다.

운정이 그녀에게 말했다.

"그녀에게 좋은 친구가 되어 줘서 고맙다."

아이시리스가 깊게 심호흡을 하며 말했다.

"알긴 아시네요. 나도 친구가 억지로 되고 그런 건 아니니까, 너무 고마워 안 하셔도 되요."

"그래?"

조령령은 운정에게 쪼르르 달려왔다.

그러더니 그를 올려다보며 말했다.

"운정 오빠는 언제 시간 돼? 아직도 많이 바빠? 아이시리스랑 여기저기 많이 돌아다녔는데, 운정 오빠도 한 번쯤은 같이 가자!"

운정은 그녀를 보면서 마음이 절로 따뜻해지는 것을 느꼈다.

그것은 아마 그 어머니를 보았을 때, 육음이를 보았을 때 느꼈어야 할 감정일 것이다.

그는 상념을 지우며 몸을 숙여 그녀와 눈높이를 맞췄다.

"령령아."

"응?"

그는 포근한 미소를 지으며 그녀의 머리 위에 손을 얹었다.

"이따가, 이따가 하자."

조령령이 볼멘소리를 냈다.

"이따가 언제?"

"일이 다 끝나고."

"언제 끝나는데?"

"신무당파의 기틀을 모두 마련하면… 그러면 끝나겠지."

"……."

"그때는 마음껏 놀자."

운정이 몸을 일으키려는데, 조령령이 그의 소매를 붙잡았다.

운정이 고개를 다시 돌리자, 조령령이 그를 올려다보며 말했다.

"하기 싫으면 하지 마."

"……."

스페라도.

아이시리스도.

눈을 크게 뜬 채 운정을 바라보았다.

운정은 가만히 조령령을 내려다볼 뿐 아무런 말도 하지 않았다.

아무런 표정도 짓지 않았다.

조령령이 물었다.

"하기 싫은 걸 왜 하는 건데?"

운정은 다시 손을 들어서 그녀의 머리를 쓰다듬었다.

그러곤 나지막하게 말했다.

"해야 하니까."

"……."

"좀만 더 놀고 있어. 일이 다 끝나거든, 이계든 중원이든 어디든 네가 가고 싶은 곳 어디든 데려다 줄게. 네가 놀고 싶은 게 무엇이든 같이 놀아 줄게."

운정은 천천히 눈을 들어서 스페라를 보았다.

스페라는 그전까지 단 한 번도 보지 못한 감정을 그 두 눈에서 엿보았다.

"운정……."

그녀는 차마 말이 더 나오지 않았다.

운정이 말했다.

"늦겠습니다. 바로 가야 할 듯합니다."

그의 말에 스페라는 결국 속내를 꺼내지 못했다.

그녀는 이내 지팡이를 들며 말했다.

[텔레포트(Teleport).]

그들은 곧 NSMC에 도착했다.

"섭정께서 중앙 정원에서 기다리겠다고 하셨습니다."

기다리던 기사 한 명이 앞장섰다.

스페라는 운정을 슬쩍 돌아보며 말했다.

"왜 뜬금없이 중앙 정원이래?"

운정도 그 답을 알 수 없어 고개를 저을 뿐이었다.

복도를 지나, 유리문을 통과한 그들은 서쪽 부근에 있는 작은 호수에 도착했다.

머혼과 고폰 그리고 르아뷔는 한쪽에 서 있었고, 그들의 앞에는 네 명의 흑기사들이 있었다. 모두 중무장한 상태로, 멜라시움 갑옷은 서늘한 검은빛을 머금고 있었고 미스릴 무기들은 사늘한 은빛을 내고 있었다.

운정과 스페라가 다가오자, 머혼이 그들을 반겼다.

"어서 오십시오. 행여나 무슨 일이 있나 하여 사람을 보낼 뻔했습니다."

스페라가 말했다.

"조금 늦었죠? 미안해요. 그런데 저들인가 봐요, 혈마석을 지급받은 자들이."

머혼은 잠시 긴가민가했다. 스페라가 혈마석을 한어로 말했기 때문이다.

곧 내용을 이해한 머혼이 고개를 끄덕였다.

"맞습니다. 블러드스톤(Blood Stone)을 말씀하시는 거라면. 운정 도사님, 한 번 그들의 실력을 검증해 주실 수 있겠습니까?"

그 말에 네 기사들이 두 눈에 혈기를 띠며 운정을 바라보았다.

운정이 말했다.

"그렇다면 연무장에서 하는 것이 좋지 않습니까? 왜 중앙 정원에서 모이신 겁니까?"

머혼이 그 질문에 답을 하려는데, 한 기사가 앞으로 걸어 나오며 대답했다.

"운정 도사께서도 아시겠지만, 블러드스톤에는 항시 불쾌감을 주는 부작용이 있습니다. 때문에 저와 동료들은 왕궁 내에 있는 것이 너무 답답해서 중앙 정원에 있는 것을 선호합니다. 이곳에선 그래도 마음이 안정적이거든요."

"……"

"만약 꽉 막힌 연무장에서 대련을 했다가는 예기치 못할 사고로 이어질 수도 있다 생각했습니다. 그래서 제가 특별히 머혼 섭정께 이곳에서 운정 도사님을 뵙고 싶다고 청하였습니다."

그의 눈빛과 목소리에는 은은한 마기가 서려 있었지만, 발음은 또박또박했고 말에 예를 갖추고 있었다.

그가 말한 대로 푸른 식물들이 많이 보이는 중앙 정원 안에서는 마성을 다스리기 쉬운 듯했다.

운정이 말했다.

"좋습니다. 일단 머혼 섭정께서 부탁하신 것처럼 제가 직접 여러분들의 수준을 가늠해 보겠습니다. 우선 가장 먼저 비무를 하실 분부터 절 따라와 주십시오."

그는 그렇게 말한 후, 좀 더 한적한 곳으로 가서 섰다. 흑기사들은 이미 말이 되어 있었는지, 논의도 없이 한 명이 튀어나와 운정 앞에 섰다.

오른손엔 아밍소드(Arming Sword), 왼손에는 방패를 잡은 그 기사는 운정에게 외쳤다.

"준비되셨으면, 시작하겠습니다."

운정은 양손을 앞으로 뻗었다. 그렇게 하니, 영령혈검이 그의 양손에 정향과 역수로 잡혔다.

그는 고개를 한번 끄덕인 후, 발을 앞으로 내밀며 말했다.

"오십시오."

그 기사는 망설임 없이 앞으로 내달리기 시작했다.

쿵.

쿵.

쿵.

육중한 무게에 맞춰 지면이 흔들렸다.

그 흑기사는 먼저 운정을 미스릴 방패로 밀었다. 그 방패는 은은한 내력을 품고 있어, 꽤나 강할 듯했다.

운정은 보법에서 현묘함을 제하여 펼치면서 그 방패 공격을 옆으로 피해 냈다. 흑기사들이 실질적으로 마주할 적들의 수준을 생각한 것이다.

흑기사는 방패 위로 미스릴 검을 슬쩍 올리고는 쭉 앞으로 내밀었다. 그러자 그 검끝이 운정의 얼굴을 따라 들어왔다.

운정은 얼굴을 살짝 피하면서, 영령혈검을 그 기사의 다리 사이에 넣었다. 그러곤 방패를 잡아 앞으로 잡아당겼다.

그 기사는 몸이 기우뚱하더니, 곧 무게 중심을 잃고 앞으로 나왔는데, 다리 사이에 박힌 영령혈검에 의해서 다리가 꼬였다.

곧 그는 꼴사납게 넘어져 버렸다.

운정은 왼손으로 쥐고 있던 영령혈검의 그 끝을 그 기사의 목 주변에 가져가며 말했다.

"더 하시겠습니까?"

엎어진 기사는 고개를 저었다.

"아닙니다, 졌습니다."

이후 다른 세 명의 무위를 가늠하는 데까지 오 분이 채 걸리지 않았다. 다른 기사는 검기까지 선보이며 운정에게 공격했지만, 운정은 가벼운 움직임만으로 그들을 쉽게 제압할 수 있었다.

머혼이 굳은 표정을 짓는데, 운정이 그에게 말했다.

"내력을 담을 수 있고 또 검기를 쓰는 것을 보았지만 그들에겐 외공이 없습니다."

"외공이요?"

"내력을 바르게 사용하는 방법을 뜻합니다. 저들은 그저 내력을 주입할 수 있게 되었을 뿐이죠. 미스릴이란 특수한 소재 덕에 검기를 내뿜을 수 있게 되었지만, 그것은 바르게 사용하는 방법이 아닙니다."

그 말에 처음 말을 꺼냈던 흑기사가 운정에게 말했다.

"저희는 이 힘을 파인랜드의 무술에 접목시키려고 합니다. 겨우 며칠밖에 되지 않아서 연구가 덜 된 것입니다. 만약 충분한 시간이 주어진다면, 외공이라는 것에 필적한 수준으로 내력을 활용할 수 있게 될 겁니다."

운정은 고개를 끄덕였다.

"물론 그렇습니다. 멜라시움 갑옷도 있고, 미스릴 재질의 무기도 있으니, 파인랜드식의 무술이 결국에는 더 어울릴 것입니다. 다만 그 시일이 오래 걸릴 뿐이지요. 때문에 노련한 적을 만나면 예상보다 허무하게 패배할 수도 있을 겁니다."

머혼이 눈초리를 모으면서 말했다.

"그렇다면 렉크 백작가에 파견된 두 흑기사가 암습을 당한 것이 아니라 정말 결투에서 죽었다는 뜻입니까?"

운정은 고개를 끄덕였다.

"오늘 이들의 무위를 확인하려고 한 건 애초에 무공을 익힌 흑기사가 파인랜드의 전투에서 패배할 수 있는가를 알아보기 위한 것입니다. 그리고 그에 대한 제 대답은 가능하다는 겁니다."

머혼은 믿을 수 없다는 듯 말했다.

"블러드스톤으로 내력을 얻게 되지 않았습니까? 미스릴 검에 내력을 넣거나 검기를 쏘면 뚫지 못할 갑옷이 없습니다. 그런데 어떻게 그들이 질 수 있습니까?"

운정이 대답했다.

"방금 제가 해 본 것이 바로 그것입니다. 무공의 현묘함을 빼고 오로지 전투적인 감각만 활용해서 그들을 상대해 보았습니다. 파인랜드의 현실에 맞춘 수준에서요."

"……."

운정은 흑기사들을 돌아보며 말했다.

"내력을 활용할 수 있게 되니, 체력이 수배로 상승하고 또 벨 수 없는 것이 없어졌습니다. 그뿐입니까? 방패로 열댓 명을 밀어 버리기도 하고, 발차기 한 번으로 중무장한 사람을 공중에 띄울 수 있는 힘을 얻었을 겁니다. 하지만 그랬기에, 여러분들의 무술은 오히려 퇴보하였습니다. 외공의 극치를 보여주었던 전과는 다르게 오히려 허술했지요."

"……."

흑기사들은 이를 갈든가, 주먹을 쥐는 등 자신들만의 방법으로 화를 참았지만, 그들을 순식간에 무력화시킨 운정에게 감히 반박할 수는 없었다. 하지만 속이 끓어오르는 것은 그들도 어쩔 수 없었다.

운정은 그들의 눈빛에 서린 마기가 강렬해지는 것을 보며 조금 부드러운 목소리로 말했다.

"최근에 매일 하는 수련을 게을리하셨습니까? 혹시 전에는 먹지 않던 독한 술을 마셨습니까? 혹은 전투 전엔 푹 자야 하는 걸 잊어버리고 밤새 놀았습니까? 블러드스톤이 주는 부작용의 시작이 바로 그런 것입니다. 마기가 들어차면 욕구가 강해집니다. 결국 사람이 해이해지게 마련이지요. 전에는 당연히 했던 것이 귀찮아집니다. 만약 여러분들에게 그런 일이 발생한다면, 여러분들은 스스로를 다독여야 합니다. 그래야만 블러드스톤으로 인한 힘을 온전히 사용하실 수 있을 겁니다."

네 명의 흑기사들은 말없이 서로를 쳐다보았다.

운정이 한 말에 찔리지 않은 이가 하나도 없었기 때문이다.

그는 마지막으로 머혼을 돌아보며 말했다.

"흑기사가 절대로 패배할 리가 없으니, 렉크 백작 아래에서 흑기사가 두 번이나 죽은 것은 그의 음모다'라고 확정할 순 없을 듯합니다."

운정을 바라보던 머혼의 굳은 표정은 더욱 단단해졌다.

第八十九章

회색 천장.

오랜 성은 이곳저곳 벽돌이 빠져 있어 본래의 색을 잃어버리고 빛바랜 곳이 그렇지 않은 곳보다 더 많았다.

렉크는 또다시 하루가 시작되는 것이 싫었다.

"지옥이군."

그는 갑자기 스며드는 한기에 몸을 떨었다.

그리고 그와 함께 찾아오는 짜증.

그는 도끼눈을 하고 벽난로를 바라보았다.

시커먼 장작들 속에는 겨우 자신의 존재를 드러내고 있는 몇몇의 불씨들이 있었다. 하지만 너무나 미약해서 어린아이가 후 하고 불면 사라질 듯했다.

렉크는 큰 소리를 지르기 위해서 숨을 들이마셨다.

그러다가 텁텁한 입안에 남아 있던 가래로 인해 사레가 걸렸다.

"쿠학. 크하악. 하아악."

덜컹.

그의 기침 소리에 하녀 둘이 얼른 그의 방 안으로 들어왔다. 중년으로 보이는 하녀는 렉크를 다독이며 몸을 일으켜 세워 주었고, 젊은 하녀는 물이 담긴 유리컵을 들고 있었다.

렉크는 메마른 손을 뻗어 유리컵을 쥐고는 입가에 가져갔다. 하녀는 그 물잔의 아래를 받치고 있었는데, 행여나 렉크가 물을 쏟을까 염려한 것이다.

렉크는 힘겹게 물을 마시고는 신경질적으로 외쳤다.

"내가 누누이 말하지 않았느냐! 불을 살려 두라니까!"

중년의 하녀가 말했다.

"간밤에 들 백작님의 상태를 보았는데, 온몸에서 땀을 흘리고 계셨습니다. 아직 여름이 끝나지 않아 밤에도 꽤 덥습니다."

렉크는 주먹을 쥐었다.

"난 추워! 난 춥다고! 지금도 봐. 몸이 덜덜 떨리잖아, 마리아."

마리아라고 불린 중년 하녀는 덤덤하게 말했다.

"몸이 추운 것이 아닙니다. 나이가 드셔서 춥게 느끼시는 것뿐입니다."

렉크는 주먹쥔 자신의 손을 내려다보았다.

그리고 그것을 들며 얼굴을 쓸어내렸다.

"젠장. 지금도 이리 추운데 이번 겨울에는 아마 얼어 죽을 거다."

마리아는 젊은 하녀에게 눈짓을 했다. 그러자 젊은 하녀는 빈 물컵을 들고 밖으로 나갔다.

마리아가 렉크 옆에 앉아 말했다.

"그러니까 제가 말씀드리지 않았습니까, 렉크 백작님, 노년의 추위는 마음에서부터 오는 것입니다. 아직 처녀인 어린 소녀를 품에 품고 주무시면 추위가 사라질 겁니다. 이는 고대 때부터 내려온……."

렉크는 듣기 싫다는 듯 고개를 저었다.

"그만해라. 차라리 내 목숨을 끊어 버리고 말지."

마리아가 말했다.

"렉크 백작님. 다들 그러려니 하고 넘어갈 겁니다. 안 그래도 제가 사제님께 조언을 구해 보았습니다. 사제님께서 말씀하시길 성서에서 나오는 한 신실한 왕 또한 노년에 소녀를 침소에 들였다고 합니다. 그러니……."

렉크는 마리아를 노려보면서 잡아먹을 듯했다.

"내가 그걸 모를 줄 아느냐? 그는 그럼에도 불구하고 소녀를 끝까지 건드리지 않았다 한다. 난 그럴 자신이 없어. 그러니 하지 않는 것이야. 난 그만한 그릇이 못 된다. 이를 모르겠느냐?"

"……."

성난 노호 앞에 마리아는 입을 다물었다.

그때 밖에서 시녀가 큰 대야를 들고 왔다. 김이 모락모락 나는 것이 꽤나 뜨거운 물인 듯싶었다.

그녀가 렉크 앞에 대야를 가져오자, 렉크는 자연스레 손을 담가 그 온도를 가늠하더니 곧 세수를 했다. 그러곤 그 하녀의 어깨에 걸쳐져 있는 수건으로 물기를 닦더니 말했다.

"마리아, 내게 후손이 없는 것을 네가 염려하는 건 잘 안다. 하지만 내 아내가 죽고 난 뒤, 나는 더 여인을 들이지 않겠다 신 앞에 맹세했다. 그러니 나를 더 유혹하려 들지 마라."

마리아는 나지막하게 말했다.

"전 어렸을 때부터 백작님을 따랐습니다. 백작님께서는 사자와도 같으셨죠. 하지만 그 누구도 세월을 벗어날 순 없습니다. 시간이 지남에 따라 백작님의 의지도 약해질 겁니다. 그리고 그땐 이미 아리따운 소녀를 품고 있을 겁니다. 그러니 차라리 지금이라도 정식으로 후손을 보십시오. 전 렉크가가 이렇게 멸망하는 것을 볼 수 없습니다."

렉크는 노구를 이끌고 침상에서 일어났다.

"네가 말한 대로 되기 전에 나는 죽을 거다. 그러니 너무 걱정 마라. 또한 내겐 남동생이 있다는 걸 잊었느냐? 내가 죽고 나면 그가 렉크가를 이끌면 돼."

마리아가 고개를 저었다.

"백작님, 그는 일찍이 성을 떠나 그 누구도 어디 있는지 알지 못합니다."

"안다. 하지만 내가 죽었다는 소식이 들리면 반드시 찾아올 거다. 특히 후손이 없다는 것을 이미 알고 있으니 말이다. 영지 내에서 그를 봤단 소식이 들렸으니, 아마 조용히 내가 죽기를 기다리고 있는지도 모르지."

"……"

"어차피 델라이는 부흥과 멸망의 기로에 서 있어. 머혼 섭정의 야심은 그 끝이 없지. 천년제국까지 집어삼키지 않는 한 끝나지 않을 거야. 특히나 그의 야심에 불을 지핀 중원의 무인. 그가 머혼과 함께하는 한 델라이는 또 다른 제국이 되든가 아니면 멸망하든가 둘 중 하나가 될 것이다. 그리고 렉크가는 델라이와 운명을 같이할 것이다. 따라서 내 후손이 있느냐 없느냐는 큰 문제가 아니야. 델라이가 어떻게 되느냐, 그것이 더 중요한 문제이지. 지금 시각이 몇 시인가?"

"7시가 다 되었습니다. 곧 왕궁의 손님들이 도착할 겁니다."

렉크는 멍한 눈길로 먼 곳을 바라보다가 말했다.

"그렇구나. 채비를 해야지."

그는 곧 침소에서 나왔다.

간단히 몸을 씻고 옷을 정결하게 갈아입자, 금세 활력이 넘치는 노인이 되었다. 특히 마리아가 직접 화장을 하니, 얼굴에 깃든 침침한 기색이 완전히 사라졌다.

렉크 백작은 객실로 갔다.

그곳에는 다섯 명의 기사가 앉지도 않고 서 있었는데, 모두 중무장한 상태로 투구조차 벗지 않았다.

렉크는 그들의 앞에 있는 소파에 앉으며 말했다.

"늦었군. 미안하게 되었네."

흑기사 중 한 명이 한 발짝 앞으로 나오며 말했다.

"안녕하십니까, 렉크 백작님. 전 이들의 리더인 톰입니다. 너무 이른 아침부터 방문한 것이 아닌가 모르겠습니다."

렉크는 담담하게 말했다.

"확실히 이르긴 하지. 덕분에 매일 드리는 기도도 못 드리고 오는 참이네."

"……."

"다섯이라. 둘이나 당하고 나니 다섯을 한 번에 보내 온 것인가?"

톰이 대답했다.

"욘토르 백작은 반역자들의 머리입니다. 델라이 곳곳에서 이미 승전보가 울리고 있으니, 욘토르 백작이 패배했다는 소식이 들리면 그때부터 내전은 순식간에 마무리될 겁니다."

렉크 백작은 코웃음을 쳤다.

"아시다시피 그와 나는 오랜 친우일세. 때문에 그와 하는 전쟁에 서로의 영주민을 희생시킬 생각이 없어. 전쟁은 결투전으로 할 생각이네. 지금까지 그래 왔고, 앞으로도 그럴 것이야. 그러니 흑기사들을 아무리 많이 데려온다 한들 아무 소용없어."

톰이 물었다.

"그럼 일전에 죽은 두 흑기사들은 모두 결투에서 죽은 것입니까?"

렉크는 슬쩍 고개를 돌려 뒤를 보았다. 그러자 하녀가 들고 있던 포도주를 그의 앞에 두었다.

렉크는 그것을 음미하듯 마시더니 말했다.

"그조차도 모르는 것을 보니, 다행히도 내 성에는 섭정의 쥐새끼가 없는 것 같군. 하기야 내가 제일 잘하는 것이 집 청소이긴 하니까. 포도주라도 들겠는가?"

톰은 조용히 읊조리듯 말했다.

"괜찮습니다. 다만 동료 기사가 어떻게 죽었는지는 알아야겠습니다. 또한 그런 일이 있었음에도 왜 먼저 섭정께 보고하지 않으셨는지 그 이유 또한 들어야겠습니다. 흑기사는 델라이 왕궁 기사단으로, 그들의 신변에 이상이 생겼다면 렉크 백작께서는 즉각 보고했어야 합니다."

렉크는 다리를 꼬며 말했다.

"머혼 섭정은 델로스에서 영주들에게 흑기사를 파병한다는 사실을 알리고 싶지 않아 하지. 그런데 처음 흑기사가 죽어서 보고했을 때, 작은 실수가 하나 있었네. 흑기사의 정체가 거의 탄로 나게 된 것이야. 중간에 바로잡았기에 망정이지 하마터면 파인랜드 전체가 알게 될 뻔했어. 가뜩이나 저쪽에서 의심하고 있는 상황이니까. 그래서 두 번째 흑기사가 패배하여 죽었을 때는 함부로 소식을 델로스에 전할 수 없었네."

"……."

미심쩍은 부분이 있었지만 톰은 더 따질 수 없었다. 애초에 그는 무인이었고 이런 말씨름에는 일가견이 없었다.

렉크가 말을 이었다.

"급히 결과를 내고 싶은 마음은 이해하나, 아쉽게도 저번 결투에 걸린 조건 중 하나에는 승자와 패자 모두 한 달간 서로의 영지를 침범하지 않는다는 조항이 있었네. 그러니 한 달동안 여기서 기다리고 싶지 않다면 델로스로 돌아가도 좋아.

보안을 위해서도 그것이 좋을 것이고. 한 달 뒤에 다시 오게."

톰은 고개를 저었다.

"파병 나갈 수 있는 흑기사는 총 다섯입니다. 그리고 그 다섯이 모두 이곳에 왔습니다. 저희는 욘토르 백작을 데려오라는 지시를 받았습니다. 생사를 불문하고 말이죠."

그 말에 렉크의 얼굴이 분노로 차올랐다.

"렉크가는 델라이 역사와 함께한 가문이다. 이 가문의 이름을 걸고 한 결투이며 그 조건에 따르지 않는 것은 렉크 가문의 명예에 손상이 가는 일이다. 현 가주인 나는 그 일을 절대로 묵과하지 않을 것이다."

톰은 가만히 그를 보다가 툭하니 말했다.

"전 그런 건 잘 모릅니다. 전 제가 받은 명령대로 욘토르 백작을 렐로스에 데려갈 겁니다. 렉크 백작께서 도우시든 돕지 않으시든 저는 그 명령을 준수할 겁니다. 욘토르 백작의 목숨을 보존하고 싶으시다면 저희를 돕는 것이 좋을 것입니다만, 만약 그렇게 하지 않으신다면 그것대로 상관없습니다."

"……"

"또한 애들레이드 왕비의 생사를 확인해야겠습니다. 그녀의 신변이 확인되고 있지 않아 머혼 백작께서 고민이 많으신 듯합니다. 만약 렉크 백작께서 왕비를 제대로 보호하지 못하셨다면, 저희는 왕비 또한 모셔 오라는 명을 받았습니다."

렉크는 분노를 참지 못하고 들고 있던 잔을 톰에게 던졌다.

쨍그랑.

그는 자리에서 벌떡 일어나 일갈했다.

"감히 기사 따위가 나를 능멸하고 내 딸을 납치할 수 있을 것 같으냐? 당장 델로스로 돌아가지 않으면 네놈들을 빛도 들어오지 않는 감옥에 잡아넣을 것이다."

톰은 고개를 살짝 숙여 자신의 갑옷 위로 뿌려진 포도주를 살짝 엿보았다. 그러곤 마기 어린 눈빛을 빛내며 렉크에게 말했다.

"하실 수 있으면 그렇게 하시지요. 렉크 백작가 기사들의 실력이 궁금하긴 합니다."

렉크는 잔뜩 일그러뜨린 얼굴로 밖을 향해서 말했다.

"여봐라! 이자들을 전부 다 붙잡아 감옥에 처넣어라!"

그 말을 듣고 객실로 들어온 사람은 기사가 아닌 마리아였다.

마리아는 안으로 들어오자마자, 상황을 대충 눈치채고는 렉크에게 말했다.

"백작님, 고정하시지요. 머혼 섭정과 싸워서 좋을 것이 없습니다."

렉크는 이글거리는 눈으로 그녀를 돌아보더니 말했다.

"상관없다. 저놈들이 어디까지 방자하게 나오는지 한번 두고 보겠다. 어디 한번 내 휘하 기사들과 마법사들을 죽이고 나까지도 죽여 내 딸을 납치해 보거라! 너희들 마음대로 한번 해 봐! 너희들의 횡포는 델라이 전역에 알려질 것이며, 이는 곧 머혼 섭정의 흉포한 야심을 드러내는 일이 되어 모든 귀족들은 그에게서 돌아설 것이다. 내 죽음 하나로 머혼 마음속에 든 그 흑심을 만천하에 밝힐 수 있다면야 백 번이고 죽어주지!"

"……."

렉크는 성큼성큼 톰 앞에 걸어왔다.

양손으로 자신의 가슴 부근을 쿵쿵 쳤다.

그는 투구 안에 있는 톰과 눈을 마주친 채로 다시금 외치기 시작했다.

"왜 주저하는가? 중원에서 배워 온 그 요상하기 짝이 없는 마법으로 내 심장을 도려내 봐라. 그리고 네가 받은 명령들을 수행해 봐. 왜 못 하고 있는 거냐? 아까는 마치 하늘이 무너져도 할 것처럼 굴더니만!"

그 말에 톰의 두 눈빛이 점차 어둡게 물들었다.

그가 더 이상 참지 못하고 검에 손을 가져가려는 그때.

한 흑기사가 톰의 팔꿈치를 잡았다.

"톰 경, 머혼 섭정께 누가 될 수 있습니다. 렉크 백작과 반목하는 것은 섭정의 뜻이 아닙니다. 자제하시지요."

그의 말엔 묘한 부드러움이 섞여 있어서, 톰뿐만 아니라 렉크 또한 마음이 진정되는 것을 느꼈다.

톰의 눈에 가득했던 마기가 옅어졌고, 그는 곧 검으로 가져가던 손을 다시 놓았다.

그가 고개를 한 번 끄덕이더니 렉크에게 말했다.

"좋습니다. 하지만 왕비님은 델로스로 데려가겠습니다."

렉크의 얼굴이 다시금 일그러졌다.

그는 가래를 모았다. 그러곤 톰의 투구 위에 뱉었다.

"퉤. 그래서? 네놈 따위가 델라이의 개국공신 가문이 맺은 협약에 대해 어쩔 도리가 있으리라 믿느냐? 주제를 알거라!"

진득한 침이 톰의 투구 사이로 흘러내렸다.

챙.

톰의 검이 뽑히고, 그것이 렉크의 목 언저리까지 뻗어지는 데 걸린 시간은 눈 한 번 깜박이는 시간보다 짧았다. 렉크는 조금도 미동하지 않고 똑같은 표정 그대로 톰을 바라보고 있었는데, 톰의 눈에서 폭사되는 마기를 받고도 전혀 흔들림이 없었다.

톰은 눈길을 돌려 자신의 검을 보려 했다. 분명 목을 치려고 휘둘렀는데, 목 언저리에서 멈췄는지 이유를 알지 못했기 때문이다. 하지만 그는 그의 검이 있어야 할 자리에서 아무것도 발견할 수 없었다.

쿵.

미스릴 검이 바닥에 떨어지며 큰 소리를 냈다.

톰이 고개를 더욱 숙여 자신의 오른손을 보았다.

누군가가 자신의 오른 손목을 부여잡고 있었다. 멜라시움 갑옷이 구겨질 정도로 강한 힘이었다.

그제야 오른쪽 손목에서 고통이 느껴졌다.

"크흠."

그가 고통을 호소하자, 그의 손목을 붙잡은 흑기사가 톰을 놓아주었다.

그 흑기사가 투구를 벗었다.

파인랜드에는 없는 인종의 남자가 나타났다.

렉크는 그 얼굴을 보는 즉시 그가 누군지 알 수 있었다.

"운정 도사."

운정은 톰에게 말했다.

"머혼 백작에게 돌아가십시오. 이곳의 일은 제가 끝내겠습니다."

톰은 즉각 반발했다.

"이것이 함정이면 어쩌시려고 그러십니까? 머혼 섭정께서는 절대로 허락지 않으실 겁니다."

"당신이 렉크 백작을 죽이려 한 것보다는 좋아하시겠지요."

"……."

톰은 아무런 말도 할 수 없었다. 그가 검을 출수한 건 다분히 충동적이었기 때문이다.

운정은 그의 눈빛에서 마기가 사라지는 것을 보며 말했다.

"충동은 점점 더 강해질 것입니다. 다스리는 법을 배우지 못한다면 언젠간 돌이킬 수 없는 실수를 하시게 됩니다. 이것은 다른 분들도 마찬가지입니다. 제 말을 들으십시오. 델로스로 돌아가세요. 이곳의 문제는 제가 남아서 해결하겠습니다."

그 말이 끝나자 지금껏 말이 없던 세 흑기사 중 한 명이 말했다.

"죄송하지만 운정 도사의 신분이 노출되어 이곳에 계시다는 사실이 적국에 알려지게 되면 델로스에 무슨 일이 벌어질지 모릅니다."

운정은 그 흑기사를 돌아보며 말했다.

"그러면 그때 제가 델로스로 돌아가면 됩니다. 스페라에게 받은 아티팩트가 있어 언제든 가능하니 걱정하지 마십시오."

"하지만 만약 공간이동을 못 하게 되신다면……."

그 흑기사는 렉크를 흘겨보았다.

운정이 즉각 대답했다.

"제가 투구를 벗은 이유는 그가 함정을 파지 않았다는 확신이 있었기 때문입니다. 걱정하지 마십시오. 이번 일로 인해서 생기는 모든 일은 제가 책임지겠습니다. 돌아가셔서 제 입장을 머혼 백작께 전해 주십시오."

"……."

흑기사들은 말이 없었다.

얼마간의 정적 후 톰이 말했다.

"알겠습니다. 그럼 저희는 다시 돌아가 보겠습니다."

운정은 렉크에게 말했다.

"그들을 성내 공간이동 마법진으로 안내해 주실 수 있겠습니까?"

렉크는 대답하지 않고 운정을 지그시 바라보았다.

한동안 그러다가 고개만 살짝 틀고는 마리아에게 말했다.

"안내해 줘라."

마리아는 얼른 흑기사들에게 손짓을 하며 오라고 하고는 재빠르게 객실을 나섰다.

톰은 떨어진 무기를 줍더니 인사도 없이 방을 나섰고, 다른 이들도 그를 따라나섰다.

방 안에는 오로지 렉크와 운정만이 남았다.

렉크는 흑기사들이 나가는 동안에도 운정을 계속해서 바라보았는데, 운정도 그 시선을 피하지 않았다.

운정이 포도주 잔을 향해 고갯짓을 하며 말했다.

"저도 한 잔 주실 수 있겠습니까?"

렉크는 다시 자리로 돌아가 앉으며 말했다.

"여봐라. 포도주를 더 내와라."

렉크는 건배를 할 생각이 없는 듯 잔을 들어 자신의 목을 축였다. 그러곤 손바닥을 보이며 앉으라고 손짓했다.

운정은 바로 앉는 대신에, 갑옷을 벗기 시작했다. 한 하녀가 포도주를 가져오는 동안 씨름한 끝에 갑옷을 모두 벗어 낸 운정은 맑은 웃음을 짓더니 렉크 앞쪽에 앉았다.

그가 벗어둔 갑옷을 바라보며 렉크가 말했다.

"멜라시움은 극히 귀하지. 내 기사들 중에도 단장과 부단장 외에는 못 입네."

운정은 방긋 웃더니 말했다.

"원하신다면 선물로 드리겠습니다. 머혼 섭정 몰래 말입니다. 잃어버렸다고 하면 될 겁니다."

렉크는 시큰둥한 표정을 지었다.

"멜라시움 갑옷은 그 특유의 강도 때문에 입는 사람에게 꼭 맞아야 하네. 안 그러면 방금 자네처럼 입고 벗는 것조차 고역이 되지. 따라서 내 휘하 기사 한 명에게 저 갑옷을 선물해 준다면 그의 육신에 맞게끔 제련해야 하는데, 멜라시움을 제련할 기술은 내게 없어. 왕궁에나 있지. 그러니 결국 섭정 몰래 빼돌린다고 해도 몸이 정확히 맞는 기사를 찾는 기막힌 우연이 아니라면 크게 쓸모가 없어. 맞지도 않는 갑옷을 입어 봤자, 실력자 앞에서는 틈만 주는 꼴이니까."

조용조용한 렉크의 설명은 묘하게 사람의 집중을 끌어당기는 힘이 있었다. 운정은 그 설명이 끝나고서야 자기 앞에 놓인 포도주를 한 모금 먹을 생각을 했다.

중원의 술보다 훨씬 달았지만, 그런대로 좋았다.

그가 말했다.

"그럼 머혼 섭정에게 이야기해서 딱 맞춰 드리겠습니다."

렉크 백작은 조금도 변하지 않은 표정으로 말했다.

"좋네."

운정이 빙그레 웃었다.

그들은 그 이후 말없이 포도주를 마셨고, 잔은 곧 비워졌다.

렉크는 빈 잔을 내려놓으며 말했다.

"더 할 말이 없다면 난 이만 기도를 드리러 가 봐야겠어. 자네는 여기서 한 달을 머무르든 아니면 왕궁에 가서 기다리든 마음대로 하게."

운정이 대답했다.

"좋습니다만, 혹 제가 애들레이드 왕비님의 얼굴을 뵈어도 되겠습니까?"

렉크의 눈가가 살짝 떨렸다.

"내 딸아이는 첨탑에 들어간 이후 그곳에서 나온 적이 없어. 식음을 전폐해서 자고 있을 때 억지로 물을 먹이는 수준

이야. 얼굴을 본다 해도 그녀인지 못 알아볼 걸세."

운정은 고개를 끄덕였다.

"그래도 무슨 큰일이 있지 않아서 다행입니다. 머혼 섭정께서는 왕비의 신변에 문제가 생겼다고 오해하셔서 말입니다. 때문에 렉크 백작께서 다른 마음을 품으셨다고 확신하시는 듯했지요."

렉크는 코웃음을 쳤다.

"섭정이 그렇게 생각하든 말든 내 알 바 아니야. 속이 얼마나 뒤틀려 있으면 다른 이들까지도 그렇다고 생각할까?"

"아마 렉크 백작가에는 그의 사람이 없나 봅니다. 그러니 흑기사가 왜 죽었는지도 모르고, 왕비께서 어떻게 됐는지도 모르는 것이겠지요. 그리고 그러한 불안감이 자연스레 적대감으로 발전한 것으로 보입니다. 흑기사들의 무례를 용서해 주십시오, 렉크 백작님."

렉크는 팔짱을 꼈다.

"실없는 소리. 아무튼 나는 기도하러 가 볼 테니까, 마음대로 하게."

그렇게 말한 그는 진짜로 자리를 털고 일어나더니 곧 객실에서 나가 버렸다.

운정은 자세를 편하게 하고 포도주를 음미하며 눈을 살포시 감았다.

그러곤 중얼거렸다.

"머혼 백작의 생각만큼 복잡한 일이 없어서 다행이야. 렉크 백작은 딴마음을 품는 사람이 아니로군. 그렇다면 흑기사는 정말로 패배한 것인가? 두 번이나 패배했다면 요행은 아니겠지. 파인랜드 최고의 기사들, 그것도 내력을 사용할 수 있는 상태에서 멜라시움 갑옷과 미스릴 무기를 사용하는 그들에게 패배를 안겨 준 이는 누굴까? 만나 보고 싶네."

운정은 자리에서 일어났다.

그리고 밖으로 나가자 한 중년의 시녀가 그를 기다리고 있었다.

흑기사들을 밖으로 안내했던 그 하녀였다.

"마리아라고 합니다. 백작께 항시 귀빈의 손과 발이 되어 주라고 명을 받았습니다."

운정은 그녀를 향해서 포권을 취했다.

"운정이라 합니다. 먼저는 왕비님을 뵙고 싶은데 가능하겠습니까?"

마리아는 굳은 표정으로 대답했다.

"어려울 것입니다. 백작님과도 대화를 안 나누신 지 오래입니다."

"그 문 앞까지만이라도 안내해 주십시오. 그녀와 만나는 것을 백작께서 금하지 않으셨으니, 그 정도는 해 주실 수 있지 않겠습니까?"

마리아는 잠시 난처한 표정을 짓다가 곧 고개를 숙였다.

"알겠습니다."

그녀는 천천히 복도를 걷기 시작했다.

마치 미로와 같은 성 내부 길.

성은 바다를 끼고 있었는데, 운정은 어느덧 그 바다가 훤히 보이는 복도를 걷게 되었다.

때문에 그는 멈춰 설 수밖에 없었다.

이상함을 느낀 마리아가 운정을 돌아보더니 말했다.

"왜 그러십니까?"

운정은 몇 번이고 입을 벌리고 말을 하려 했지만, 끝끝내 말을 못 했다.

마리아가 얼굴을 찌푸리며 운정에게 가까이 다가오자, 그제 야 운정은 한마디를 겨우 할 수 있었다.

"바다로군요."

마리아는 묘한 표정을 지었다.

"예, 바다입니다. 그런데 왜 그러십니까? 혹시 적군이라도 보이십니까?"

운정은 곧 눈을 몇 번이고 껌벅이더니 고개를 한 번 흔들고는 마리아를 보며 말했다.

"처음 봤습니다."

"……"

"굉장하군요."

마리아는 설마 하는 표정으로 물었다.

"바다를… 처음 보셨습니까?"

운정은 고개를 끄덕였다.

그 와중에도 그는 바다에서 시선을 뗄 수 없었다.

"네. 넓고 또 광대한 푸른빛. 말로 들었을 때와는 비교도 할 수 없군요."

"……"

운정은 방긋 미소를 짓더니 마리아에게 말했다.

"후에 더 보도록 하죠."

그 말에 마리아는 몸을 획 하고 돌리더니 다시 안내했다.

운정은 그녀를 따라가면서도 바다 쪽에서 고개를 돌리지 못했다.

그 복도에서 벗어나는 모퉁이에서 운정은 못내 아쉬움에 한참을 서 있었지만, 마리아가 발걸음을 멈추지 않으니, 결국 그곳을 떠나 마리아를 따라잡을 수밖에 없었다.

그렇게 그들은 한 첨탑 위로 올라가기 시작했다.

끊임없이 돌아가며 올라가는 탑은 그 끝을 모르는 듯했다. 마리아도 중간중간 거친 호흡을 하며 쉬어야 했는데, 그때마다 운정은 웃는 얼굴로 그녀를 기다려 주었다.

탑의 끝에 다다르자, 큰 문이 나왔다.

그 문 앞에는 썩은 내를 풍기는 음식이 쟁반 위에 올려져 있었다.

마리아는 한숨을 내쉬며 그것들을 잡은 뒤에, 뒤에 서 있던 운정에게 말했다.

"안에 계실 겁니다."

운정이 말했다.

"혹시 먼저 내려가셔도 괜찮으시겠습니까?"

마리아는 단호하게 말했다.

"절대로 그럴 수 없습니다."

"그렇군요. 알겠습니다."

운정은 몸을 돌려 방문의 손잡이를 잡아당겼다.

예상과 다르게 잠겨 있지는 않은지 문이 쉽게 열렸다.

끼이익.

작은 방 중앙. 침상 위에는 피골이 상접한 한 여인이 속옷 만을 입은 채 누워 있었다.

얼마나 씻지 않았는지 모르겠지만, 부랑자들에게서나 날 법 한 쉰내가 방 안에 가득했다. 그뿐이랴, 공기는 매우 탁해서 숨을 쉴수록 가슴이 답답해지는 기분이었다.

방에는 사람이 오갈 수 있을 만한 큰 창문 하나가 있었는 데, 그것도 반 이상이 잡동사니에 의해서 거의 가려져 있었다.

겨우 빠져나온 햇빛만이 방 안을 밝혀 주었기에, 사물의 식별이 그나마 가능한 수준이었다.

마리아는 이내 참지 못하고 코를 막았다. 하지만 운정은 아무렇지도 않다는 듯 천천히 안으로 걸어 들어갔다.

운정은 침상 위에 엎어져 있는 애들레이드를 두고 창가로 걸어갔다. 그리고 그 창가를 막고 있는 잡동사니들을 이리저리 치웠다.

그리고 그는 창가를 살짝 살펴보더니 중얼거렸다.

"다행이로군."

그는 그 창문의 아랫부분에 위치한 틀을 살짝 올리더니, 이내 창문에 손바닥을 얹고 강하게 밀었다. 그러자 창문이 확 하고 열리면서 방 안의 공기가 격하게 움직였다.

휘이잉-!

바람이 들어오며 방 안에 존재하는 모든 퀴퀴한 냄새를 방문을 통해 밀어 버렸다. 그리고 상쾌한 공기가 그 자리를 대신하기 시작했다.

애들레이드는 고개를 확 들더니 운정 쪽을 바라보았다.

"누가 열라고… 다, 당신은?"

운정은 고개를 돌리고 그녀를 보고선 말했다.

"안녕하십니까? 애들레이드 왕비님, 전 운정이라 합니다."

애들레이드는 경악한 듯 두 눈이 동그랗게 변했다.

그녀는 믿을 수 없다는 듯한 표정을 짓고는 사방을 이리저리 둘러보다가, 방문 쪽에 서 있는 마리아를 발견하곤 물었다.

"다, 당신은? 내가 꿈을 꾸는 거야?"

그 말을 듣자, 마리아의 두 눈에서 눈물이 또르르 흘러내렸다. 그녀는 입을 가리며 나지막하게 말했다.

"마, 말씀을 하셨군요. 마, 마담."

애들레이드는 다시금 고개를 돌려 운정을 보았다.

운정은 방 한구석에 있던 작은 나무 의자를 하나 가지고 애들레이드 왕비 앞에 앉았다.

애들레이드가 상체를 일으키고는 운정을 죽일 듯 노려봤다.

"마리아."

마리아는 감격한 듯 떨리는 목소리로 말했다.

"에, 예."

"나 목말라."

마리아는 연신 고개를 끄덕이더니 말했다.

"바, 바로 다녀오겠습니다. 자, 잠시만 기다려 주십시오!"

그녀는 자신의 의무도 잊어버리고 재빠르게 첨탑을 내려가기 시작했다.

그녀의 발소리가 점차 멀어지고 이내 들리지 않게 될 때까지, 애들레이드와 운정은 서로를 계속해서 바라보았다.

중년에 접어든 애들레이드는 눈가와 입가에 주름이 많았다. 식음을 전폐한 덕에 더더욱 자글자글해진 듯했다. 하지만 그 주름 하나하나에는 놀라운 기품이 서려 있었다.

"이게 꿈이든 아니든, 당신에게 할 말은 없어요. 그러니 나가 주세요."

운정이 말했다.

"전 머혼 섭정의 부탁으로 당신의 신변을 지켜야 할 의무가 있습니다. 그것이 적의 손에서부터이든 자신의 손에서부터이든 말입니다."

머혼의 이름을 듣는 순간 애들레이드의 눈빛이 서늘하게 변했다.

그녀는 조소를 머금으며 말했다.

"아, 섭정이오? 그래도 염치는 있으신지 아직 자기를 왕으로 칭하지는 않으시나 보군요."

운정은 조용히 읊조리듯 말했다.

"제 생각일 뿐입니다만, 델라이의 내부가 다 정리되면 그렇게 하지 않을까 합니다."

애들레이드는 가죽만 남아 있는 얼굴로 비웃음을 겨우 그려 냈다.

"아하, 그러면 곧 델라이의 이름도 바뀌겠지요? 머혼으로 바뀌려나?"

운정이 대답했다.

"중원에는 성인이 되면 이름을 새롭게 부여받는 문화가 있습니다. 어릴 때와 다 컸을 때는 아예 다른 사람이라 보는 것이지요. 이 또한 제 생각일 뿐입니다만, 머혼 섭정은 아마 자신의 이름을 새롭게 바꾸지 않을까 합니다."

"왜요? 머혼이라는 이름이 흔치 않은데?"

"그는 자기 가문을 싫어하거든요. 천년제국의 그늘에서 벗어나고 싶어 할 겁니다. 애초에 그러려고 델라이로 왔을 테니까요."

"쿠흡."

애들레이드는 웃음소리를 냈다.

운정은 그런 그녀를 빤히 보다가 툭하니 말했다.

"왕비님도 본인의 가문을 싫어하시나 보군요."

애들레이드는 잠시 놀란 눈을 하다가 곧 눈꺼풀을 반쯤 감으며 말했다.

"렉크가에서 태어나지만 않았어도, 왕가에 시집을 갔을 리도 없고, 그랬으면 내 아들도 델라이의 성을 타고나지 않았을 거고, 그랬으면 죽을 일도 없었을 거예요."

"……."

애들레이드의 눈빛에서 원망이 피어올랐다.

그녀는 단조로운 목소리로 나지막하게 물었다.

"신은 왜 제 아들과 남편을 데려가셨을까요? 그리고 또 잔인하게도 저만을 이곳에 남겨 두셨을 까요? 운정 도사님, 운정 도사님의 생각은 어떠세요? 왜 그러셨다 생각하세요?"

운정은 눈길을 아래로 두며 말했다.

"중원에는 이런 말이 있습니다. 천무정(天無情). 하늘은 무정하다는 뜻인데, 이를 파인랜드의 입장에서 말하면 신은 무정하다가 되겠지요. 신은 무정한 법입니다."

애들레이드는 다시금 조소를 지었다.

"그러니까요. 대체 이런 신이 어떻게 사랑이라는 건지 더 이상은 이해할 수 없어요. 사랑교라는 그 이름이 너무나 무색하도록, 이 세상을 다스리는 신에겐 사랑이 없어요."

운정은 동의했다.

"파인랜드의 신은 더더욱 그럴 수밖에 없습니다. 사랑교의 신은 전지하며 전능하며 전선하니, 그가 어떻게 사랑을 품을 수 있겠습니까? 이 땅에는 그와 같은 것이 하나도 존재하지 않는데 말입니다."

애들레이드는 고개를 끄덕였다.

"맞아요, 맞아. 사랑교에선 모든 인간이 죄인이라 하지요. 이 세상은 죄악으로 가득 차 있지요. 그런데 어찌 신이 우리를 사랑하겠어요. 그것은 말이 되지 않아요. 애초에 왜 악이 존재하겠어요. 신이 우리를 미워하니 있는 것이겠지요. 신은 악한 것을 미워할 수밖에 없고, 우리가 하는 모든 악을 알 수밖에 없고, 우리를 가만히 둘 수 없을 거예요. 그러니까… 그러니까 내 아들도 죽은 것이고 내 남편도 죽은 것이겠지요."

"……."

애들레이드는 지친 표정으로 다시 누워 베개에 얼굴을 반쯤 묻은 채로 말했다.

"사랑교가 왜 사랑교인지 아세요?"

"사랑을 강조하기 때문 아닙니까?"

"맞아요. 신을 사랑하고 사람을 사랑하라는 뜻에서 그런 거예요. 그런데 참 웃겨요. 사랑이 없는 신을 어떻게 사랑하라는 거죠? 신조차 미워하는 인간을 어떻게 사랑하라는 거죠? 그건 모순 아닌가요? 그럼에도 그것을 행하라고 하는 신이 있다면… 그만한 악마가 어디 있겠어요?"

그때 누군가 방문을 쾅 하고 열어젖혔다.

분노가 머리 위로 흘러넘치는 듯한 표정의 렉크는 성큼성큼 걸어 애들레이드 앞에 섰다. 애들레이드는 누가 방에 들어왔는지 보지도 않고, 얼굴을 베개 속에 파묻어 버렸다.

렉크가 첨탑이 떠나가도록 큰 소리로 외쳤다.

"신성 모독이다!"

"……."

"감히 네년이 신을 모욕해! 당장 일어나! 당장 일어나서 사죄의 기도를 드리지 못할까! 어디 한낱 피조물에 불과한 네가 네 창조자를 판단하고 모욕하느냔 말이다! 네년이 당장 사죄의 기도를 드리지 않는다면 내 손으로 널 죽일 것이다!"

그 말에 애들레이드는 침대에서 벌떡 일어났다.

악이 받친 그녀는 렉크의 코앞까지 기어가듯 하더니, 그의 앞에 서서 말했다.

"좋아요! 죽이세요! 신의 사자를 자처하시니 어서 천벌을 내리시죠! 용서받을 수 없는 죄를 저질렀으니, 지금 여기서 날 죽이세요! 어서요!"

렉크는 몸을 덜덜 떨었다. 더 이상 분노할 수 없을 만큼 분노하여 도저히 이성을 유지할 수 없는 듯 보였다. 그는 이를 악물고는 양손을 들어서 애들레이드의 목에 가져갔다.

애들레이드는 차갑기 그지없는 눈빛으로 자신의 아버지를 노려보았다. 그리고 그 아버지의 손목을 부여잡고 오히려 자신의 목으로 더욱 가져갔다.

렉크의 두 눈에 차오른 눈물은 금세 뺨을 타고 흘러내렸다. 그의 손도 털썩하니 내려왔다.

그는 거친 숨을 내쉬더니, 절망 가득한 표정으로 고개를 돌렸다. 그러곤 문을 통해 방을 나가 버렸다.

애들레이드는 양손으로 주먹을 쥐곤 자신의 아버지를 향해서 외쳤다.

"겁쟁이! 아버지는 아무것도 못 하는 겁쟁이야! 늙어서 아무것도 못 하는, 다 죽어 가는 시체에 불과해! 아버지가 날 동정해? 천만해! 아버지야말로 세상의 동정을 다 받기에 부족하지 않을 정도로 불쌍한 사람이야! 죽기 직전까지 신의 장난감으로 사십시오! 아니, 죽어서 천국에 가서도 영원히 그렇게 살아요!"

애들레이드의 외침에도 렉크는 동요하지 않고 그대로 첨탑을 내려가 버렸다. 문 앞에 서 있던 마리아는 어떻게 해야 할지 갈피를 잡지 못하다가 들고 있던 물컵을 애들레이드 옆에 얼른 두고는 그를 따라서 같이 내려가 버렸다.

운정만이 남게 되자 애들레이드는 일순간 기운을 잃어버리더니, 침대 위로 기절하듯 쓰러졌다. 운정이 자리에서 일어나 그녀의 상태를 살피려는데, 그녀가 말했다.

"만지지 마."

깊은 동굴에서부터 흘러나온 그 목소리는 목숨을 건 결의가 담겨 있었다.

운정은 가만히 그녀를 내려다보다가 말했다.

"다시 말씀드리지만, 전 왕비님의 신변을 책임지겠다고 말했습니다. 이대로 아무것도 먹지 않으신다면 적어도 삼 일 이내에 돌아가실 겁니다."

"그럼 죽지 뭐."

"왕비님이 죽는다면 렉크 백작도 아마 더 이상 견디지 못하고 죽으실 겁니다. 그 또한 이번 년을 넘길 수 없을 만큼 생명의 기운이 미약하니까요."

"……."

"당신은 당신의 남편과 자식을 잃으셨습니다. 아버지까지도 잃을 순 없지 않겠습니까?"

애들레이드는 번뜩이는 눈으로 운정을 돌아봤다.

"어차피 내가 죽고 난 뒤에 일어날 일이에요. 그러니 나랑 무슨 상관이지요?"

"사랑교에선 천국과 지옥이라는 내세를 믿는다고 들었습니다. 죽음이 끝이 아닐 텐데요."

"아니요, 끝이에요. 어차피 보이지도 않는 사람을 믿으면서 보이지도 않는 운명을 믿을 바에야 보이지 않는 것은 없다고 믿을래요."

"그렇게 단순하게 결론을 짓기에는, 보이지 않지만 실존하는 것들이 너무 많습니다. 나한테 이득이 된다 하여 믿고 나한테 해가 된다 하여 믿지 않는다면, 그것은 진실과는 아무런 상관없는 믿음이 될 것입니다."

"그러니까 나는 내가 믿고 싶은 대로 믿겠다고요."

"사람이 믿고 싶다고 믿을 수 있습니까? 또, 믿고 싶지 않다고 안 믿을 수 있습니까? 인간이 마음에 품는 믿음은 그 의지로 바꿀 수 있는 게 아닙니다. 좋다고 또는 싫다고 좌지우지할 수 있는 것이 아닙니다."

"……."

애들레이드가 더 말하지 않자, 운정은 마리아가 둔 물컵을 들었다. 그리고 그녀에게 내밀면서 말했다.

"당신이 신을 원망하는 이유도 애초에 신을 믿기 때문입니다. 그리고 그 신을 믿고 싶어 하지 않는 것도, 그것이 신에게 가장 큰 모욕이 된다는 것을 알기 때문이지요. 당신은 당신에게 고통을 준 신에게 복수하기 위해서 신을 믿지 않으려 합니다. 하지만 그 생각 자체가 당신이 애초에 신을 믿는다는 전제 아래서 이뤄진 것입니다."

"……."

"그러니 당신은 신을 이길 수 없습니다. 이길 수 없으니, 이제 그만하시고 침상을 털고 일어나시지요. 사랑교의 신앙에 의하면 사람이 신을 섬기는 믿음만 있다면 천국에 간다 하지 않았습니까? 그러면 당신의 남편과 자식은 그가 어떠한 삶을 살았던 천국에 있을 테니, 걱정하실 것이 없습니다."

그 말을 들은 애들레이드는 눈동자만 돌려 운정을 보았다.

그녀는 몇 번이고 입을 달싹거렸지만 결국 아무런 말도 하지 못했다.

그녀는 눈동자를 다시 돌려 땅을 내려다보았다.

그렇게 얼마나 지났을까?

결국 헛웃음을 짓더니 몸을 일으켜 운정이 준 물컵을 받았다.

"참 나. 위로하는 건지 아닌지 모르겠네요."

그리고 꿀꺽꿀꺽 마셨다.

운정이 말했다.

"손목을 주십시오. 기운을 불어넣어 드리겠습니다. 몸에 쌓인 노폐물을 밀어내고 새로운 활력을 넣어 드릴 겁니다."

애들레이드는 빈 컵을 양손에 쥐고 가만히 운정을 보았다.

그러다가 슬쩍 손목 하나를 들어 올렸다.

운정은 그것을 잡고 운기를 시도했다.

과연 그녀의 몸은 탁하디탁했다. 마치 오물로 가득한 수도관과 같았다. 운정은 기운을 불어넣어 그 모든 오물을 밖으로 밀어냈다. 그러자 애들레이드의 전신에서 검고 묽은 더러운 것들이 땀구멍을 통해서 배출되었다.

운정이 기운을 갈무리하더니 말했다.

"살아 있는 한은 사는 것이 좋습니다."

애들레이드는 몸을 뒤덮고 있는 끈적끈적한 불쾌감 속에서 놀란 눈을 하고는 운정을 향해 물었다.

"당신은 사제이신가요?"

운정은 미소를 짓고는 고개를 저었다.

"머리만 큰 어린애에 불과합니다."

그가 몸을 일으켜 밖으로 나갔다.

*   *   *

첨탑 아래로 내려온 운정은 양 갈래로 나 있는 복도를 보며 한참을 서 있었다.

어디로 가야 할지 알 수 없었기 때문이다.

스페라가 준 텔레포트가 담긴 아티팩트는 지난밤 급조한 것이어서 자체적인 텔레포트가 불가능하다. NSMC를 먼저 가동하고 거기서 그를 호출할 때를 기다려야 했다. 그것이 아니라면 렉크 백작에게 부탁해서 성내 마법사의 도움을 받아 델로스로 귀환해야 했다.

일단 운정은 기억을 더듬어서 왔던 길을 되짚어 걸어갔다.

그는 결국 바다가 훤히 보이는 그 복도에 도착했다. 특히 더 잘 보이는 중간 지점으로 간 그는 난간에 팔을 올려놓고 마음껏 바다를 구경했다.

말로만 들었던 바다와 직접 보는 바다는 너무도 다르다.

"정팔포체(正八胞體) 또한 마찬가지. 그토록 공부하면서도 이해할 수 없었던 4차원 도형 또한 눈으로 보는 순간 한눈에 이해가 됐지. 그렇다면 눈에 보이지 않는 것은? 오로지 언어로만 표현이 가능한 것들은? 진정으로 그것들을 이해하는 건 가능이나 한 것인가? 사랑, 정의, 신. 사람이 무엇 하나 제대로 알 수 있는 것이 있을까?"

그는 홀로 중얼거리며 수평선을 지그시 바라보았다.

"운정 도사님!"

운정은 자신을 부르는 소리에 고개를 옆으로 돌렸다.

지친 표정의 마리아가 그에게 걸어오고 있었다.

운정이 인사했다.

"안녕하십니까?"

마리아는 짜증과 안도가 반쯤 섞인 투로 말했다.

"역시 여기 계셨군요. 한참을 찾았습니다."

"무슨 일이십니까?"

"렉크 백작님께서 찾으십니다. 식사를 하지 않으셨다면 같이 식사라도 하자고."

운정은 웃으며 대답했다.

"좋습니다. 안내해 주십시오."

그는 곧 마리아를 따라서 식당으로 갔다.

렉크 성내 식당은 그 크기가 천마신교의 대전에 비견될 만큼 컸다. 그 안에는 수백 명을 수용할 수 있을 만한 크기의 식탁들과 의자들이 있었는데, 지금은 렉크와 그의 왼편에 앉아 있는 두 기사 그리고 그들 뒤에 서 있는 하녀들이 전부였다.

마리아는 운정을 렉크의 오른편으로 안내했고, 운정은 그 자리에 앉기 전 사람들을 향해서 포권을 취했다.

"안녕하십니까, 운정이라 합니다."

렉크는 왼손을 들어서, 운정의 맞은편에 있는 기사들에게 신호를 했다.

그러자 렉크에게 가까이 앉은 기사 한 명이 말했다.

"스톤 기사단의 캡틴(Captain), 콘입니다."

이어서 두 번째 기사가 말했다.

"루테닉(Lieutenant) 루스입니다."

그들이 말이 끝나자 렉크가 말했다.

"스톤 기사단은 예로부터 우리 가문 휘하 기사단일세. 성내에는 수석 마법사도 있긴 한데, 흑기사들을 델로스로 돌려보내고 휴식을 취하고 있네. 아무리 NSMC에서 보조를 한다고 하나 멜라시움은 공간이동하기 쉬운 물질이 아니니까."

"그렇군요."

"아직 식사하지 않았을 테니, 어서 들게."

운정은 고개를 한 번 끄덕인 뒤에, 앉아서 식사를 시작했다.

그의 앞에는 구운 빵과 스프, 그리고 찐 고기가 있었는데, 델로스에서 먹은 음식과는 매우 다른 맛이 났다.

운정이 말없이 음식을 먹고 있자, 스톤 기사단 단장인 콘이 말을 걸었다.

"중원이라는 곳에서 오셨다고 들었습니다. 흑기사단이 배운 그 마법 같은 무술도 익히고 계시다고."

운정이 말했다.

"무공이라 합니다. 중원에는 마법이 없지만 무공이 있지요. 무기를 쓰는 사람들은 모두 무공을 익힙니다."

"흐음, 그렇군요. 그럼 다들 그렇게 괴력을 내고 빠르게 움직이며 검을 날카롭게 만드는 기술을 쓰는 겁니까?"

"그렇게 볼 수도 있겠지요."

단답형 대답에 콘은 더 물어보기 어려웠다.

그러자 부단장인 루스가 콘의 눈치를 살피더니 말했다.

"괜찮으시다면, 저희와도 한번 대련을 해 주실 수 있겠습니까? 물론 흑기사들의 실력을 몸소 경험했지만, 진짜 무공이 어떤 건지 궁금하긴 합니다. 왜? 그들은 두 번 다 패배했으니까요."

그 말에는 묘한 느낌이 있었다.

운정은 살짝 눈길을 들어 루스를 바라보며 말했다.

"결투에 본인들이 아니라 흑기사가 나간 것이 언짢으신 겁니까?"

노골적인 질문에 둘은 모른 척했지만, 렉크가 툭하니 대답했다.

"꽤 불만이 많았지. 콘 경이 그렇게 화를 내는 건 내 평생 처음이었어."

그가 반쯤 웃으며 콘을 바라보자, 콘은 민망한 표정을 짓고는 렉크의 눈길을 피했다.

"크흠, 그때 언성이 높았던 것은 죄송합니다. 다만 스톤 기사단의 명예가 실추되기 때문에 어쩔 수 없었습니다."

렉크가 말했다. .

"내가 말하지 않았나? 욘토르 백작 쪽에서도 그의 기사를 쓰지 않고 용병을 쓴다고. 각자 영지 내의 영지민을 전쟁에 동원하지 않겠다고 약조한 바가 있네. 그리고 스톤 기사단은 내 기사들이기도 하지만 내 영지민들이기도 하지. 그와 결투는 오로지 외부 인사로만 이뤄지는 것이야, 콘 경."

콘은 다시금 입을 다물었다.

하지만 그의 옆에 있던 루스가 한마디 더 얹었다.

"알고 있습니다. 그러나 기사단 내에 불만이 많은 건 사실입니다."

렉크는 루스에게 말했다.

"욘토르 백작이 협약을 어기고 자기 기사들을 쓴다면, 나 또한 즉시 스톤 기사단을 전장에 보낼 것임을 약속하겠네."

루크는 고개를 끄덕였다.

"그렇게 약속해 주신다면. 알겠습니다."

이때 콘이 고개를 살짝 숙이면서 렉크에게 말했다.

"그럼 저희는 이만 훈련이 있어 가 봐야 할 듯합니다. 렉크 백작님, 운정 경."

그들이 짧게 인사하자, 렉크는 손을 살짝 들어 보인 뒤에 묵묵히 식사를 다시 시작했다. 운정은 포권을 취했고, 그것을 인사로 알아들은 콘과 루스는 한쪽으로 사라졌다.

그들이 식당을 나가자, 렉크가 스프를 한 숟가락 뜨면서 말했다.

"그들의 무례를 용서하게. 루스 경이 흑기사들에게 호되게 당한 탓에 중원의 기술을 확인하고 싶었던 것 같네."

"흑기사와 대련을 했었나 봅니다. 결투에 나가기 전에."

렉크가 살짝 고개를 끄덕였다.

"모른 척해 주게. 나도 그러고 있으니."

루스가 얼마나 강한지는 알 수 없었지만, 렉크 가문처럼 명망 높은 가문 기사단의 부단장이라면 그 실력은 손꼽히는 강자일 것이다. 호되게 당했다는 말로 볼 때, 아마 압도적으로 패배했을 것이다.

운정이 이어서 드는 궁금증이 있어 렉크에게 물었다.

"흑기사를 상대로 승리한 욘토르 백작의 용병이 누군지 더욱 궁금해지는군요."

"욘토르도 그 용병을 모시기 위해서 거금을 들였다는군. 이름까지는 아직 모르네. 결투할 때도 자신의 이름을 대지 않았으니까."

"흐음."

렉크는 고기를 살짝 뜯어서 먹고는 나지막하게 말했다.

"하지만 앞으로 운정 도사가 나서 준다면 크게 걱정할 것은 없겠지. 빼앗긴 곳도 바로 되찾을 것이고 말이야."

"아, 두 번의 패배로 영지를 잃으셨군요."

"코앞까지 뺏겼지. 이제는 이 성을 걸어야 해. 빼앗긴 곳 중 최근의 곳은 아까 본 둘의 고향이네. 어릴 때부터 형 동생 하던 사이니까. 그래서 자기들이 나서지 못하는 걸 더더욱 참지 못하는 것이고."

"흐음, 제가 다음번 결투에 임하리라 생각하고는 제게 그렇게 물었던 것이로군요. 그 결투에서 승리하면 자기 고향을 되찾을 수 있을 테니."

그 말에 렉크가 처음으로 눈을 들고 운정을 바라보았다.

"아닌가?"

운정은 방긋 웃어 보였다.

"글쎄요. 한 달 뒤에 누가 지원을 올지는 아직 모르겠습니다."

막 스프를 천천히 떠 올리던 렉크의 손이 멈췄다.

그는 스푼을 내려놓으며 말했다.

"내 예상이 빗나갔군. 머혼 섭정이 이번엔 절대로 패배하지 못하게 만들려고 자네를 보낸 줄 알았는데?"

"그런 것보다는 렉크 백작께서 혹시라도 다른 마음을 품지 않았나 확인하고자 절 보낸 점이 큽니다."

그 말에 렉크는 피식 웃었다.

"아하. 그러고 보니 흑기사 중 하나인 것처럼 위장을 하고 왔지? 과연. 그런 의도였구먼."

운정이 더 설명했다.

"머혼 백작께서는 혹시라도 외부 세력이 렉크 백작님과 결탁하여 저나 스페라 백작을 델로스에서 빼돌릴 함정을 파는 것이 아닌가 의심하셨습니다."

그 말을 들은 렉크는 코웃음을 쳤다.

"뭐 눈에는 뭐만 보인다더니."

짧은 문장이었지만 거기에 함축된 의미는 컸다.

그때, 한쪽에서 식당의 문이 열렸다.

렉크는 자기도 모르게 그 자리에서 일어나 버렸다.

"애디야!"

애들레이드는 기품 어린 걸음으로 천천히 걸어와서 콘이 앉았던 자리에 앉았다. 머릿결의 물기가 다 마르지 않은 것을 보니, 씻고 바로 나온 듯했다.

그녀가 렉크를 보면서 말했다.

"배고파서 그러는데 제 식사도 준비해 주세요. 아직 장이 좋지 못해서 고기는 좀 그렇고 지금은 스프면 돼요."

렉크는 입을 벌린 채 고개를 마구 끄덕이더니, 옆에 있던 하녀에게 말했다.

"어, 얼른! 얼른 내와라! 어서! 뭐 하고 있느냐!"

하녀가 사라지는 것을 본 렉크는 여전히 놀람을 감추지 못하며 애들레이드를 바라보았다.

애들레이드의 시선은 운정에게 고정되어 있었다.

그녀가 말했다.

"안녕하세요, 운정 도사님."

운정도 대답했다.

"성이 바다 옆에 있어서 그런지 공기가 참으로 상쾌합니다. 방 밖으로 자주 나오시지요."

그 말에 애들레이드가 고개를 흔들었다.

"처음 성에 온 사람들은 그렇게 생각들 하시지요. 하지만 계속 있으시다 보면 공기 중에 은은하게 배어 있는 소금기 때문에 불쾌감만 느끼실 거예요. 미미하긴 하지만, 식수에서도 짠맛이 난다고요."

"그러면 물이 잘 상하지 않아서 좋지요."

자연스레 대화를 받은 운정은 렉크를 보았다.

렉크는 애들레이드의 눈치를 살피면서 운정을 보았다.

그러곤 입 모양으로만 말했다.

'어떻게?'

운정은 빙그레 웃을 뿐이었다.

하녀가 스프를 가져왔다.

애들레이드는 가느다란 손가락으로 스푼을 겨우 쥐고 느리게 움직였다. 하지만 스프 맛을 보고는 금세 얼굴에 화색이 돌더니, 순식간에 먹어치워 버렸다.

"한 그릇 더."

렉크는 순간 자신의 귀를 의심하고는 애들레이드를 보았다. 그녀는 여전히 자신의 아버지에겐 시선조차 주지 않고 운정을 바라보았다.

하녀가 다시 스프를 떠 올 때쯤, 렉크의 얼굴에는 함박웃음이 가득했다. 애들레이드가 자기를 보든 말든 그에겐 큰 상관이 없었다.

렉크가 말했다.

"스프가 맛있느냐?"

애들레이드가 고개를 확 돌려 자신의 아버지를 보더니 말했다.

"저 더 이상 예배 안 드릴 거예요."

"뭐?"

"기도도 안 할 거고 의례에도 참석 안 해요."

"……"

"그리 아세요."

렉크의 표정이 서서히 굳기 시작하더니, 이내 엄한 목소리가 그의 입에서 흘러나왔다.

"내 집에 있는 한 쥐새끼라도 예배를 드려야 한다. 아니라면, 나가라."

"좋아요. 나가죠."

"뭐라고?"

애들레이드는 렉크에게서 고개를 돌려 운정을 바라보며 물었다.

"운정 도사, 저를 델로스 왕궁에 데려다줄 수 있겠어요?"

운정은 그녀와 렉크 사이를 번갈아 보았다.

렉크는 굳은 표정으로 가만히 있을 뿐 아무런 말도 하지 않고 애들레이드만 바라보았다.

운정이 대답했다.

"왕비님께서 원하신다면 그렇게 하겠습니다."

"좋아요, 왕궁으로 가겠어요. 오늘 출발하시나요?"

운정은 다시금 렉크를 보았지만, 그의 표정은 그대로였다.

운정이 말했다.

"식사 후 공간이동 마법진을 통해서 델로스로 귀환하고 싶다고 부탁을 드리려 했습니다. 렉크 백작님, 공간이동 마법진을 사용해도 괜찮겠습니까?"

렉크는 마치 그 질문을 듣지 못한 듯 뚫어지게 애들레이드를 보았다.

애들레이드는 다시금 고개를 돌려 자신의 아버지를 바라보며 말했다.

"귀빈께서 묻고 계세요, 아버지. 질문에 대답해 주셔야죠."

렉크의 눈가가 살짝 떨렸다.

그는 느릿하게 고개를 돌려 운정을 향해 말했다.

"수석 마법사가 회복하는 대로 소식을 알려 주겠네, 운정 도사."

애들레이드는 자리에서 확 하고 일어났다.

그리고 식당을 나가면서 하녀에게 말했다.

"스프 가져와."

그녀는 그렇게 식당 밖으로 사라졌다.

렉크는 잡고 있던 스푼을 앞으로 내던지며 말했다.

"시집가고 나면 철이 들 줄 알았지. 제 어미를 똑같이 닮아서 아주 제멋대로야. 밥맛도 떨어졌군. 여봐라, 포도주를… 아니다. 럼(Rum)이나 가져와라."

그는 분노의 말을 토해 냈지만, 기분이 썩 나빠 보이지는 않았다.

운정이 말했다.

"따님께서 왕궁으로 가셔도 괜찮으시겠습니까?"

"성인이지. 아니, 중년이야. 자기 인생은 자기가 사는 거고, 내가 더 관여할 게 아니네. 그러니 자네도 알아서 하게. 럼 좀 가져오라니까!"

그의 호통에 하녀가 얼른 럼주가 담긴 유리병을 가져왔다. 그는 럼주를 몇 모금 마시더니, 탁 하고 식탁에 내려놓고는 하녀에게 몇 차례 손짓했다.

다행히 눈치가 빨랐던 그 하녀는 얼른 움직여 렉크가 던졌던 스푼을 가져왔다. 렉크는 그것을 받아 들더니, 다시금 스프를 묵묵히 떠먹기 시작했다.

아까 애들레이드가 먹던 속도보다도 더 빠르게.

운정은 그의 입가가 묘하게 올라가 있다는 것을 알 수 있었다.

✻   ✻   ✻

렉크 성벽 위.

운정은 그곳에 서서 넓디넓은 바다를 지그시 바라보았다.

세상에서 가장 넓은 것이 있다면 바다라는 말을 실감하며, 그는 그 안에서 매 순간마다 새로운 것을 발견했다.

"운정 도사님이십니까?"

운정은 한쪽에서 들리는 목소리에 고개를 돌렸다.

탑에서 성벽 위로 나오는 입구는 보안 때문에 매우 작았다. 때문에 그곳에서 빠져나온 사제는 양손으로 모자를 잡고 있었고, 그 옷은 꽤 흐트러져 있었다.

그가 모자를 다시 머리 위에 걸치고 옷매를 정돈하는데 아무리 그렇게 해도 가지런해지질 않았다. 옷 자체가 펑퍼짐하고 겉치레가 심해, 스스로 입고 벗기도 버거울 정도였기 때문이다.

그는 사랑교의 사제가 분명했다.

운정이 가볍게 포권을 취했다.

"맞습니다."

사제는 환하게 웃더니 자신의 가슴에 손을 얹으며 말했다.

"형님께 이야기를 들은 적이 있습니다. 이국적인 미남이라 하셨는데, 그 말로는 도저히 다 담을 수 없는 외모를 가지고 계시군요."

"형님이라 하시면?"

사제는 천천히 걸어와 운정 옆에 서더니, 팔을 쭉 하늘로 뻗으며 말했다.

"델로스의 프란시스 주교가 제 친형입니… 어엇!"

그가 기지개를 켜다가 그의 모자가 성벽 아래로 떨어지려 했다.

운정은 그 순간 바람의 힘을 이용해서 그 모자를 낚아채, 그의 앞에 올려 주었다.

"머리에 고정되지 않는가 보군요."

사제는 눈앞에 둥실 떠 있는 모자를 잡아 얼른 머리 위에 걸치더니 운정을 향해 말했다.

"어이쿠, 감사합니다. 또 잃어버렸다가는 아마 이번엔 꼼짝없이 징계가 내려왔을 겁니다. 제 이름도 아직 말하지 않았지요? 전 루이스라 합니다."

"그렇군요."

운정은 그를 보지도 않고 툭하니 말했다.

루이스는 깊은 미소를 머금고 그를 보다가 곧 그와 같은 곳에 시선을 두었다.

"바다를 좋아하시는 것 같습니다. 렉크 백작께 운정 도사님의 위치를 물어보니, 바다가 가장 잘 보이는 곳에서 기다리고 싶다 하여 이곳에 계신다는 말을 들었습니다."

운정이 고개를 끄덕였다.

"처음 봅니다. 바다를."

"처음이요? 오? 내륙 지방에서 자라셨나 봅니다?"

"거의 평생을 산 위에서 살았습니다. 물이 흐르는 것을 보는 건 시냇물이 고작이었지요. 제가 강과 호수를 보지 못한 것은 아니나, 바다에 비하면 아무것도 아닌 듯합니다."

루이스는 팔짱을 끼며 말했다.

"성서에 말하길 신의 피조물인 하늘과 바다를 보면 신의 존재가 명확하다고 하지요. 누구든 이 광활한 하늘과 바다를 한눈에 보면 신의 존재를 믿지 않을 수 없다고 합니다. 그러나 사람의 마음에는 죄악이 가득해서 주인이 있음을 인정하고 싶지 않다 합니다."

갑작스러운 이야기였지만, 운정은 일단 받아넘겼다.

"흥미롭군요."

"애들레이드 왕비의 마음 가운데 불신의 씨앗이 싹튼 것을 보십시오. 그녀는 이곳에서 태어나 매일 저 광활한 바다를 보며 자랐습니다. 신께서는 매일같이 그녀에게 자신의 존재를 드러내셨지요. 하지만 애들레이드 왕비는 신을 믿지 못하게 되었습니다."

생각보다는 꽤 노골적이다.

운정은 그의 생각을 솔직하게 말하기로 했다.

"그야 남편과 자식을 잃은 그 슬픔 때문 아니겠습니까?"

루이스는 어깨를 들썩였다.

"그렇다 하여 하늘과 바다가 사라진답니까? 그렇다하여 신이 사라진답니까? 그저 그 슬픔에 그녀의 눈이 가려진 것이지요. 그녀는 삶의 활력을 되찾았으나 영원한 생명을 잃었으니, 이를 좋아해야 할지 말아야 할지 모르겠습니다."

운정은 루이스를 돌아보지 않을 수 없었다.

루이스의 표정에는 우울함이 가득했다.

운정이 물었다.

"진정으로 그렇게 생각하십니까?"

루이스는 고개를 끄덕였다.

"그럼요. 이 땅에서의 삶은 아무것도 아닙니다. 우리의 진짜 인생은 저 하늘 위에 있습니다. 그러니 이 땅에서의 삶이 길어진다 할지라도 하늘에서의 삶이 사라진다면 무슨 의미가 있겠습니까? 당장은 좋아 보일지 모르지만, 결국 그 끝이 있는 것 아닙니까?"

루이스는 질문까지 모두 끝마친 뒤에 운정을 돌아봤다.

그의 두 눈에는 진심이 가득했다.

운정이 툭하니 말했다.

"잔인하시군요."

루이스는 의미 모를 미소를 짓더니 다시 고개를 돌려 앞을 보았다.

"그거 아십니까? 지금 우리가 살고 있는 세상은 두 번째 세상이라는 걸?"

"두 번째 세상이요?"

"예, 성서에 따르면 신은 인간을 창조하고 이 땅 위에 번성케 하였는데, 인간 세상에 너무나 죄악이 가득해서 끝없는 홍수를 내려 모두를 수장시켰다고 합니다. 그 고대의 인간들 중 한 인물과 그의 가족만을 선택하여 남겨 두고 말이지요. 그 사실을 알고 나서부터는 저 바다를 볼 때마다 신의 절대적인 권위에 두려움만 느낄 뿐입니다."

"……."

"하지만 누가 그를 잔인하다 하겠습니까? 누가 그를 잘못되었다 비판하겠습니까? 토기가 그 토기장이를 비난하겠습니까? 농작물이 그 농부를 비난하겠습니까? 어찌 피조물이 창조주를 판단하겠습니까?"

그 순간 운정은 애들레이드에게 소리치던 렉크 백작의 모습이 떠올랐다.

운정이 물었다.

"그렇다면 당신의 종교의 이름은 왜 사랑교입니까?"

루이스는 허탈한 웃음을 지었다.

"허허허."

그는 웃기만 했을 뿐, 운정이 아무리 기다려도 더 말하지 않았다.

운정이 나지막하게 말했다.

"모르시는군요."

그 말에 루이스는 깊이 숨을 들이마셨다가 내쉬었다.

그가 나지막하게 말했다.

"그래서 제가 형님과 다르게 이런 촌구석에서 사제질이나 하고 있나 봅니다."

운정이 놀라 그를 보는데, 그가 품속에서 곰방대를 꺼냈다.

그러곤 입에 물고는 눈을 살짝 감았다.

그리고 마법을 시전했다.

[플레임(Flame).]

그러자 그 끝에서 작은 불씨가 타올랐다.

그는 그 막대기를 통해서 공기를 흡입하고는 하늘을 향해 고개를 들고 연기를 내뿜었다.

운정이 말했다.

"듣기로는 사랑교에선 마법을 별로 좋아하지 않는 걸로 알고 있습니다만. 기적으로 사람들을 현혹한다고."

루이스는 쓰게 웃으며 말했다.

"물론 사랑교에선 사제가 마법을 부리는 걸 금지하긴 하지만, 담배에 불을 붙일 때 마법으로 붙이지 않으면 제 맛이 안 나서 말입니다. 하하하, 백작께는 비밀로 해 주십시오. 신실하신 분이니 이 사실을 알고 나면 마음에 짐이 되실 겁니다."

"⋯⋯."

그는 다시금 깊게 연기를 빨아들이더니 후 하고 내뱉었다.

그리고 그는 말 없는 운정을 엿보더니 말했다.

"중원에도 혹 담배가 있습니까?"

운정이 고개를 저었다.

"잘 모르겠습니다. 본 적은 없습니다만."

루이스는 손가락으로 잡은 곰방대를 운정에게 주었다.

"한번 흡연해 보시겠습니까?"

운정은 고개를 저었다.

"괜찮습니다. 보아하니 정신에 영향을 주는 것 같은데, 이성이 또렷하지 않은 건 싫습니다."

루이스는 치아가 다 보이도록 미소 지었다.

"그 때문에 피는 건데 그걸 즐기시지 않는다니. 하아, 진리에 대해서 탐구하다 보면 머리가 아플 때가 많을 텐데 말이죠. 운정 도사께서도 사제와 같다고 하셨죠. 그럴 때마다 어떻게 하십니까?"

"조용히 내부의 기운을 다스립니다. 일종의 명상이라고 할까요?"

"아, 그 기도와 같은 것이로군요."

"기도가 신과의 대화라면, 명상은 자기와의 대화라고 할 수 있지요."

루이스는 연신 끄덕였다.

"역시. 맞습니다, 맞아요. 저도 담배를 끊어 내고 기도로 대체해야 하는 것이 맞기는 한데……. 후우."

전보다 훨씬 깊은 호흡으로 연기를 빨아들인 루이스는 다시금 하늘을 올려다보며 연기를 내뿜었다.

그러곤 툭하니 말했다.

"잘 안 되는군요."

운정이 물었다.

"몸에 위험한 정도만 아니라면 괜찮지 않습니까?"

루이스는 고개를 도리도리 저었다.

"신 외에 다른 것을 의지하는 것은 죄악이지요. 신이 아닌 것을 신처럼 생각하는 것입니다."

운정은 이해할 수 없다는 듯 말했다.

"담배를 피우는 것조차 말입니까? 그것과 신이 무슨 상관이 있습니까?"

루이스는 서글픈 미소를 지었다.

"그러니까요. 왜 난리들인지 모르겠어요."

"……"

"하지만 신앙적으로는 그게 맞습니다. 일반적인 도덕적 관념으로 생각하시면 안 되지요. 제가 믿는 신은 아시다시피 전지, 전능, 전선하니 완벽하지 않은 모든 것은 그분께 죄악이 됩니다."

"……"

그는 자신의 담배를 물끄러미 바라보며 말했다.

"아까 사랑교 어디에 사랑이 있느냐 물으셨지요?"

"예."

"잘 모르지만, 어렴풋이 예상하기로는 지금 제가 신을 의지하지 않고 담배를 물었음에도 제 생명이 그대로 유지되고 있는 것이 곧 신의 사랑이 아닐까 하는 생각을 합니다."

운정은 묘한 기분에 사로잡혔다.

때문에 가장 먼저 드는 생각을 바로 말했다.

"하지만 누군가는 그 때문에 신이 없다 하지 않겠습니까?

악을 행하여도 천벌은커녕 아무 일이 없기에."

루이스는 담배를 다시 물었다.

그러나 흡연은 하지 않았다.

"그렇게 생각하는 사람은 자기가 그 천벌에 해당자가 아니라는 전제를 가져서 하는 말입니다. 자기가 행한 악은 천벌을 받을 정도는 아니고 저 악인이 행한 악은 천벌을 받을 정도인데, 왜 신은 가만히 있느냐 하는 것이지요. 전선한 신께서 가만히 있지 않으면 완전하지 않은 자기도 천벌을 받는다 애당초 생각하질 않는 겁니다."

"……"

"그 자체가 바로 그 사람의 악함을 말해 주는 것이지요. 스스로가 선하다 아무 근거 없이 전제하지 않습니까? 신께서 직접 이 세상에 나타나지 않으시는 건, 그랬다간 인간이 모조리 죽어야 하니 그런 것입니다. 그 방목이 신의 사랑의 또 다른 모습이 아닌가 합니다."

운정은 깊은숨을 들이마셨다가 내쉬더니 바다 쪽으로 시선을 던지며 말했다.

"방목이 사랑이라. 솔직히 말씀드리면 모두 자기합리화로 들립니다."

"그러니까요. 왜 난리들인지 모르겠어요."

"……"

그는 결국 흡연했다.

그리고 연기를 내뿜더니 다시 말했다.

"하지만 여기에도 한 가지 희망이 있습니다."

"그게 무엇입니까?"

"형님이 그러셨습니다. 자기합리화는 자기를 위해서 하기 때문에 자기합리화라고. 그 목적이 자기를 향하지 않는 한 자기합리화는 자기합리화가 될 수 없다고 합니다. 때문에 신을 믿는 그 목적이 자기를 위한 것이라면 그것은 자기합리화가 맞습니다. 하지만 신을 믿는 그 목적이 신을 위한 것이라면, 그것은 자기합리화가 될 수 없다는 것이지요."

전에 비슷한 말을 들었던 것을 기억하며, 운정이 나지막하게 말했다.

"참 궤변이면서 궤변이 아닌 말입니다."

"저도 같은 생각입니다. 아무튼 그래서 형님은 신을 위해서 신을 믿어야 한다, 그게 참된 신앙이다. 뭐 이런 비슷한 말을 했었죠. 형님께선 그걸로 스스로 품었던 자기합리화의 문제를 해결하신 듯합니다만, 전 아직 완전히 납득은 안 됐습니다. 사람이 신을 어떻게 이해할 수 있으며 또한 그 신의 사랑은 어떻게 받아들여야 하겠습니까? 안 그렇습니까? 저 광활한 하늘과 바다 또한 이해하지 못하는 인간이 말입니다."

"……."

"그리고 그러면서 신께서는 성서에서 왜 인간이 자기를 알아야 한다고 하는지. 또 사랑해야 한다고 하는지. 더더욱 오리무중입니다. 이해할 수 없는데 어떻게 사랑하라는 겁니까?"

그때 운정의 미간이 점차 모여들었다.

그것을 본 루이스는 그가 어떤 깨달음을 얻었을까 하여, 가만히 그를 지켜보았다.

한참이 지난 뒤에, 운정이 말했다.

"배입니다."

그 말에 루이스는 고개를 갸웃했다.

배라니?

무슨 뜻일까?

배는 바다 위에 떠다니는 것이다.

그렇다면 바다를 신으로 표현했을 때, 인간은 배와 같다는 뜻일까?

인간은 신 위에서 표류한다는 뜻?

또한 바다가 없으면 배도 쓸모가 없다.

그러니 신이 없으면 인간도 쓸모없다는 뜻일까?

그도 아니라면, 바다가 있기에 배가 있다는 뜻일까?

그리고 그것이 어떻게 신의 사랑과 연관이 있다는 것일까?

도저히 이해할 수 없었던 루이스가 되물었다.

"배요?"

운정이 손을 쭉 앞으로 뻗었다.

"예. 배입니다."

루이스가 그 손을 따라서 바다를 보았다.

저 멀리 수평선에 깃발 하나가 살짝 올라와 있는 것이 보였다.

루이스는 자기도 모르게 말했다.

"욘토르 가문……."

운정이 말했다.

"그가 협약을 깨고 영지를 침공하려나 보군요."

루이스의 눈동자가 더 이상 커질 수 없을 만큼 커졌다.

第九十章

운정과 루이스 단둘이 서 있었던 성벽 위.

지금은 여섯 명의 사람들이 있었다.

운정과 루이스, 렉크와 애들레이드, 그리고 콘과 루스까지.

그들은 모두 한곳을 바라보고 있었는데, 그곳엔 배들이 일 렬로 넓게 퍼져 수평선을 가득 메우고 있었다.

중앙에서부터 작은 쪽배 하나가 튀어나왔다. 육안으로 가 늠하기 힘들 정도로 작은 배였는데, 그 뒤로 날카로운 삼각형 의 물보라가 퍼져 나갔다.

"빠르네요. 마법을 걸었나 봐요."

애들레이드의 말에 모든 이가 고개를 끄덕였다.

하지만 정작 운정은 공감하지 못했다.

거리는 크게 문제가 되지 않았지만, 넓은 바다 위에서 배의 속도를 어떻게 가늠해야 할지 감을 잡을 수 없었기 때문이다. 주변에 비교할 사물이 없는데, 어떻게 물체의 속도를 가늠한다는 것일까?

게다가 여기 있는 사람들은 전부 범인이다. 감각이 모두 범인 수준일 텐데 어찌 그들은 배의 속도를 쉬이 가늠할 수 있을까?

운정이 나지막하게 물었다.

"왕비님, 저 배의 속도를 어떻게 알 수 있습니까?"

그녀는 동그랗게 뜬 눈으로 그를 바라보았다.

그러다가 손을 들고 배를 가리키며 설명했다.

"배 뒤로 이어진 항적을 보시면 알지요. 역삼각형을 만드는데, 그 각도를 보고 유추할 수 있어요. 얇으면 얇을수록 빠른 거예요."

감각으로 아는 것이 아니다. 지식으로 아는 것이다.

배를 보고 아는 것이 아니다. 그 흔적을 보고 아는 것이다.

운정은 그 사실에 대해서 깊은 생각에 빠졌다.

애들레이드는 운정이 더 말하지 않자, 묘한 눈길로 그를 바라보다가 곧 신경을 껐다.

시간이 흐르고, 그 쪽배가 렉크의 성 앞까지 당도했다.

그 위에는 한 건장한 중년의 귀족이 서 있었다.

그는 고개를 들고 성벽 위에 있는 렉크를 바라보며 말했다.

"안녕하십니까, 렉크 백작님. 아버님께서 보내셔서 왔습니다. 욘토르의 후계자인 제가 직접 왔으니, 해문을 열어 주십시오."

렉크는 그를 노려보다가, 옆에 있는 콘에게 말했다.

"그를 데려와라."

콘이 놀란 표정으로 물었다.

"여기까지 말입니까?"

렉크는 고개를 끄덕였다.

"그래, 성벽 위에 지 아들이 있으면 아무리 욘토르가 냉혈한이어도 함부로 공격은 못 하겠지."

콘은 가슴에 손을 올리며 말했다.

"알겠습니다."

이후 그는 루스와 함께 쪽문을 통해 내려갔다.

그들이 사라지자, 렉크는 운정을 돌아봤다.

"머혼 백작이 아무런 준비도 없이 자네를 이곳에 보내진 않았을 것 같네. 혹시 델로스로 귀환할 수 있는 방도가 있다면, 애들레이드와 함께 귀환했으면 하는군."

아무렇지도 않게 머혼의 대비책을 간파한 렉크의 표정은

차갑게 굳어 있었다.

운정이 말했다.

"그렇게 말씀하시는 것을 보면, 수석 마법사께서 아직 회복하지 못하셨나 봅니다."

렉크는 팔짱을 꼈다.

"물어보니, 회복은 다 했다고 하는군. 하지만 마법진이 문제야. 쿨다운 때문에 내일 아침까지는 어렵다고 했네. 멜라시움을 공간이동시킨 것이 꽤 큰 무리가 된 듯했어."

"그렇군요."

"자네 또한 그렇게 말하는 것을 보면 델로스로 귀환할 수 있는 별도의 방법이 없는 건가?"

렉크 눈빛에는 자신의 딸을 피신시킬 수 없다는 사실에 대한 실망감이 전혀 없었다. 오히려 피신시킬 수 있음에도 그렇게 하지 않으려는 운정을 향한 적대감이 가득했다.

확실히는 모르지만, 모종의 수단이 있다는 것을 확신하는 듯했다.

운정은 솔직하게 말했다.

"제가 가진 아티팩트는 자체적인 공간이동이 불가능합니다. NSMC에서 지원을 받아야만 가능하지요. 또한 그것은 만약의 사태에 대비해서 절 델로스로 소환하기 위해 만들어진 것이니, 두 명에게 사용할 수 있을지 모르겠습니다."

렉크는 즉시 말했다.

"그것을 이용해서 내 딸아이를 델로스로 피신시켜 준다면, 자네가 원하는 것이 무엇이든 들어주겠네."

그 말에 애들레이드가 억지로 웃으며 말했다.

"에이, 아버지. 너무 심각하신 것 아니에요? 설마 욘토르 삼촌이 전쟁을 하시겠어요? 조나단 오라버니를 보낸 것 보세요. 전쟁을 하려는 것이면 조나단 오라버니를 보내셨을 리 없죠."

렉크는 그녀를 확 돌아보며 무서운 어조로 말했다.

"네 눈엔 저 배들이 보이지 않느냐? 수평선을 가득 메운 걸 똑똑히 보거라! 적어도 수백 척은 넘을 것이다. 사람 수는 수천 명을 넘을 것이고. 저 정도면 기사뿐 아니라 자기 영지민까지 동원한 거야. 단순히 전쟁을 넘어서 전면전을 하려는 것이다."

"······."

그 순간 애들레이드의 두 눈이 크게 떠지며 공포감이 서리기 시작했다.

렉크는 더 낮은음으로 말했다.

"또한 조나단을 보낸 것이야말로 그가 전면전을 하겠다는 각오를 보여 준다. 욘토르는 스스로를 절벽 위로 몰아세웠어."

애들레이드는 순식간에 울먹거리는 표정이 되더니 나지막하게 말했다.

"서, 설마요."

그때 운정이 말했다.

"사람이 올라오고 있군요. 전 몸을 숨기고 있겠습니다."

그가 그렇게 말한 뒤에, 손가락을 살짝 뻗었다. 그러자 그곳에서부터 옅은 구름이 생성되어 그의 몸을 순식간에 뒤덮었다.

곧 바닷바람이 구름을 밀어내는데, 그곳엔 아무것도 없었다.

모두들 멍한 표정을 짓는데, 쪽문에서 콘이 나타났다.

때문에 아무렇지 않은 척, 표정을 관리했다.

"데려왔습니다."

콘 뒤에선 쪽배 위에 있던 그 중년 귀족이 나타났는데, 다부지게 생긴 것이 강직한 성격을 잘 보여 주고 있었다. 루스는 칼을 빼 든 채로 뒤따라 들어왔는데, 언제라도 출수할 준비를 하고 있었다.

중년 귀족, 조나단이 말했다.

"안녕하십니까, 렉크 백작님. 그리고 애들레이드 왕비님께서도 계셨군요. 또 루이스 사제님도 오랜만입니다."

렉크는 아무 말 하지 않고 날카로운 눈빛으로 조나단을 뚫어지게 보고 있었다.

루이스는 그의 눈치를 살피다가 말했다.

"욘토르 주니어 백작, 시니어께서 무슨 일로 보내신 겁니까? 저 배들은 다 무엇이고요?"

조나단은 입으로만 미소를 지으며 루이스를 보았다.

"부득이하게 협정을 깰 수밖에 없어 그 소식을 전하고자 온 것입니다."

이에 애들레이드의 얼굴이 금세 창백해졌다.

"설마 정말로 전면전을 하실 생각이세요?"

"전면전을 하게 될지 안 될지는 렉크 백작님에게 달려 있지요. 왕비님, 그나저나 상심이 크셨나 보군요. 많이 마르셨습니다."

"……"

애들레이드는 눈길을 피하며 아무 말 하지 않았다.

렉크가 말했다.

"욘토르가 무슨 말을 하려고 널 보냈는지 듣겠다. 무슨 이유에서 협정을 깬 것이냐?"

조나단이 고개를 끄덕이더니 말했다.

"저희 아버님께서는 과거 케네스 군도의 영광을 되찾으시겠다고 합니다. 이에 욘토르 가문 아래 부속된 다른 위대한 가문들도 동의했습니다. 모두들 모여 상의한 끝에, 과거 케네스의 수도였던 이곳을 점령하지 않고는 그 대업을 이룰 수 없겠다고 하셨습니다. 바닷사람들의 급한 성미를 잘 아시지 않습니까? 결정되고 나니 한 달까지는 도저히 기다릴 수 없어 렉크 백작님께 인사 드리러 온 것입니다."

렉크가 그를 호통쳤다.

"과거 렉크와 욘토르 가문 선조들이 델라이 왕가에게 한 충성 맹약을 저버릴 셈이냐? 가문의 영광을 위해서 그 깃발에 스스로 똥칠을 할 심산이로구나!"

"더 이상 델라이가 없으니, 더 이상 지킬 맹세도 없다고 아버님께서 말씀하셨습니다."

렉크는 분노를 참아가며 으르렁거리듯 말했다.

"기어코… 반역을 하겠다는 것이로군."

조나단은 미소를 얼굴에서 지우며 단조롭게 말했다.

"렉크 백작님, 렉크 백작님께서도 머혼 섭정에게 아무런 정통성이 없다는 것을 잘 아시지 않습니까? 그러니 케네스 군도가 다시금 왕권을 선포해도 과거 선조들이 했던 맹세에 반하는 것이 아닙니다. 또한 그렇기에 반역이라 할 수도 없습니다. 그 대상이 세상에 없는데 이것을 어떻게 반역이라 할 수 있겠습니까?"

"……."

"또한 애들레이드 왕비께서는 최근 왕을 잃으셨습니다. 그러니 새로운 왕이 필요하시리라 믿습니다."

그 말에 렉크 백작의 눈썹이 꿈틀거렸다.

"무슨 말을 하는 게냐?"

조나단은 애들레이드에게 고개를 살짝 숙이며 말했다.

"제가 애들레이드 왕비님께 청혼을 하고자 합니다. 앞으로 세워질 케네스 군도의 왕인 제 옆에서 평생을 함께하신다면, 오늘 그 누구도 피를 흘릴 이유가 없습니다."

그 말에 루이스는 헛바람을 들이켰다.

애들레이드는 혐오감을 감추지 못했다.

"오라버니! 어, 어떻게 그렇게 말씀하실 수 있으세요! 제, 제가 남편과 아들을 잃은 지 한 달도 안 됐어요! 이, 이제 막 보름이 지났다고요!"

그 말에 조나단은 일절 반응하지 않으며 똑같은 어투로 말했다.

"나 또한 사랑하는 아내와 이혼한다. 내 자식들은 하루아침에 서자가 될 판이고. 하지만 너나 나나 위대한 가문의 자식들이다. 그러니 그 책임을 피할 순 없어. 사사로운 감정에 얽매이면 가문이 무너지고, 이는 수없이 많은 영지민이 죽거나 다치게 되는 결과로 이어진다."

"……."

"애초에 네가 델라이 왕에게 시집갔을 때를 떠올려 봐. 당시에 네가 그를 사랑해서 그와 결혼했느냐? 아니지, 그저 렉크가의 장녀로서 그 책임을 진 것이야. 오늘도 마찬가지일 뿐이고."

애들레이드는 그 말에 질려 버렸다는 듯한 표정을 지었다. 그나마 혈색이 돌았던 그녀의 얼굴에서 다시금 병마가 떠오르기 시작했다.

렉크가 말했다.

"그러니까 욘토르 백작의 말은, 내 딸과 너를 혼인시키고 각자의 영지를 융합하여 과거 케네스 군도의 왕조를 새로이 이어가겠다는 뜻이냐?"

조나단이 고개를 끄덕였다.

"그렇습니다."

렉크 백작은 손으로 바다를 가리키며 말했다.

"그래? 네가 진정으로 내 딸에게 청혼을 하려면 진주와 고래를 가져올 것이지, 저 수평선을 가득 메운 배들은 뭐냐? 저게 네 혼비라도 되는 것이냐?"

조나단이 즉시 대답했다.

"저것이 혼비가 될지 아닐지는 오로지 렉크 백작님의 결정에 달려 있습니다. 만약 렉크 백작님께서 저희 아버지와 뜻을 같이하신다면, 오늘은 새로운 왕가가 세워지는 경사스러운 날이 될 것이고, 만약 뜻을 같이하지 않으신다면 바다는 피로 물들게 되겠지요."

렉크는 얼굴을 잔뜩 일그러뜨렸다.

그는 가래를 한가득 입안에 모으면서 조나단 앞으로 걸어 갔다.

조나단은 이후 일어날 일을 알았는지 조용히 눈을 감았다.

렉크가 그 조나단의 이마에 침을 뱉었다.

"카악, 퉤! 그깟 협박 따위가 내게 통할 거라 보느냐? 내 성 에서 꺼져라. 내 성에서 나가서 네 아버지에게 말해라. 네 아 버지가 자기 영지민의 피를 내 바다 위에 흘리고 싶다면야 얼 마든지 허락해 주겠노라고."

조나단은 눈을 뜨고는 렉크를 노려보며 말했다.

"모든 배에는 정확히 삼 일 치 식량만이 남아 있습니다. 그 러니 그 이후엔 항구에 배를 댈 것입니다. 막으신다면, 저희도 목숨을 걸 수밖에 없음을 알려 드립니다."

"그 전에 내가 직접 바다로 나가서 너희들을 모조리 수장시 켜 물고기 밥으로 만들어 줄 테니 그리 알아라."

조나단은 왼손으로 이마에 묻은 침을 닦아내며 말했다.

"삼 일입니다."

조나단은 마지막 말을 남기고는 몸을 돌렸다. 그러자 루스 가 검을 잡은 채로 콘을 바라보았다. 콘은 쪽문 쪽으로 살짝 고갯짓을 했고 루스는 곧 검을 거두고는 조나단을 성벽 아래 로 안내했다.

이어서 콘도 나가자, 운정은 서서히 모습을 드러냈다.

렉크는 마치 영혼이 빠져나가는 듯한 한숨을 쉬며 비틀거렸다.

"배, 백작님!"

"아, 아버지."

애들레이드와 루이스가 부축하려 하자 렉크는 신경질적으로 그들을 밀어내더니, 옆에 있는 성벽을 짚고는 스스로 일어났다.

그는 분노한 표정으로 몇 번이고 거칠게 숨을 쉬더니, 막 모습을 드러낸 운정을 보며 말했다.

"운정 도사."

운정이 말했다.

"예."

"우리가 델로스에 연락한다면 그곳에서 자네를 소환할 수 있는 건가?"

"제가 직접 해야 할 것입니다. 그렇게 하지 않으면 아마 머혼 백작은 믿지 않으시겠지요."

"수석 마법사에게 물어보겠네. 잠깐 기다려 줄 수 있겠나?"

"물론입니다."

렉크는 고개를 한 번 끄덕여 보이고는 다리에 힘을 주어 쪽문으로 걸어갔다.

성벽을 내려가는 그의 뒷모습은 참으로 처량하기 그지없

었다.

콘과 루스는 전쟁을 준비하러, 애들레이드는 자기의 방에서 쉬겠다고, 마지막으로 루이스는 기도를 올리러 예배실에 가겠다고 하고 사라졌다.

운정은 여전히 성벽 위에 남아 넓은 바다를 바라보며 생각에 잠겨 있었는데, 쪽문에서 루스가 나타나 그를 불렀다.

"운정 도사님."

운정이 고개를 돌렸다.

"루스 경."

그는 운정의 등 뒤에 있는 영령혈검에게 시선을 두고 있었는데, 곧 눈길을 돌려 운정을 마주 보았다.

"렉크 백작님께서 찾으십니다. 수석 마법사께서 델로스와 연락을 취하시려는 듯합니다만."

운정은 고개를 한 번 끄덕이고는 그를 따라갔다.

루크는 가파르게 그리고 또 좁게 내려가는 성벽 계단을 앞서가면서 몇 번이고 고개를 돌려 운정을 봤다.

그러고는 이내 결심했는지 나지막하게 물었다.

"한 가지 물어보고 싶은 것이 있습니다. 운정 도사께서 공용어를 이토록 잘하시는 걸 보니, 꽤 오랫동안 델라이와 교류하셨으리라 생각합니다만 렉크 백작께서는 이제 막 한 달쯤 되었다고 하셨습니다. 그토록 짧은 시간 내에 어떻게 그렇게 공용어를 잘하시게 되셨습니까?"

운정이 대답했다.

"마법을 배우다 보니 언어적인 부분은 저절로 익혀지게 되었습니다. 이틀째 되었을 쯤에 대강 다들 무슨 말을 하는지 알게 되었고, 오 일이 지났을 즈음 대부분의 의사소통이 가능해졌지요."

"아, 마법을 배우셨군요?"

"무공과 마법의 교환이 가장 합리적이지 않겠습니까? 중원이나 파인랜드나."

"그렇지요."

그는 그렇게 말하고는 또 한참을 말이 없다가 다시 물었다.

"그러면 흑기사들이 무공을 익히게 된 것도 아마 한 달 정도밖에 되지 않겠습니다."

말 자체는 질문인지 질문이 아닌지 모를 끝맺음이지만, 계단 한가운데 멈춰 서서 고개를 돌려 올려다보는 것을 보니 질문인 듯했다.

운정이 고개를 끄덕였다.

"제가 알기론 이제 막 칠팔일 정도 됐을 겁니다."

루크의 눈동자가 크게 떠졌고, 입도 벌어졌다.

그는 한참을 그렇게 서 있다가, 느리게 고개를 돌려 다시 계단을 내려가려 했다. 하지만 한 발을 내딛고는 또다시 서서 운정에게 고개를 돌리며 입술을 달싹거렸다.

하지만 결국 할 말을 찾지 못했는지, 다시금 몸을 돌려 걸어갔다.

운정 또한 그를 따라서 내려가려는데, 그가 세 번째로 멈춰 서더니 운정을 향해서 물었다.

"그게 정말입니까? 겨우 칠팔일밖에 안 됐다고요?"

운정은 방긋 웃더니 대답했다.

"렉크 백작님이 기다리시겠습니다."

루스는 그제야 자기의 실수를 자각하고는 고개를 살짝 숙였다.

"죄, 죄송합니다."

"아닙니다."

루스는 두 발자국을 더 내려가서는 또다시 멈춰 섰다.

그러곤 한 번 더 돌아서서 운정을 보았다.

"그럼 저도 칠팔일 정도만 익히면 그렇게 되는 겁니까? 아니지, 흑기사가 파병 온 것이 삼 일 전이니. 사오일 만에 그렇게 된 것이로군요."

운정이 나지막하게 말했다.

"블러드스톤(Blood Stone)이라는 편법을 사용해서 그렇습니다. 대신 욕구를 다스리기 어려워지고 또 육신의 노화가 빨라지게 됩니다. 중원에는 그런 부작용이 있는 마공 외에도 정공이라는 것이 있어, 오히려 정신이 깨끗해지고 몸이 건강해집니다. 다만 오래 걸리는 게 단점이라면 단점이지요."

루스가 즉시 되물었다.

"그건 얼마나 걸리겠습니까?"

"성취하고자 하는 수준에 따라 다르지요."

"지금의 흑기사처럼 칼에서 검기(JianQi)가 나가는 정도의 수준이라고 생각하면요."

발음은 조금 이상했지만 검기란 단어를 확실히 아는 걸 보니, 전에 흑기사와 결투하고 나서 개인적으로 물어본 듯했다.

한시가 급한 지금 연달아 질문하는 것도 그렇고, 흑기사에게 이것저것 물어본 것도 그렇고, 루스는 무에 깊은 관심을 가진 사람임이 틀림없었다.

운정이 말했다.

"검기를 내뿜기 위해선 적어도 십 년, 자질이 나쁘다면 이십 년 이상 검공을 익혀야 합니다. 물론 명망 높은 백작가의 부단장이나 되신 루스 경의 자질이 결코 나쁠 리 없으니, 아마 십 년보다는 적게 걸리겠습니다만, 정확하게 말씀드리긴 어렵습니다."

루스는 조금 어두운 얼굴이 되었다.

그가 나지막하게 중얼거렸다.

"원래라면 십 년 이상 걸리는 수준을 단 오 일 만에 얻을 수 있다라… 과연 그 부작용이 만만치 않겠군요. 마치 사악한 마법처럼 말이지요."

운정이 고개를 끄덕였다.

"그렇습니다. 또한 그보다 더 높은 경지에는 이를 수 없을 정도로 그 가능성이 망가지게 됩니다. 하지만 그 힘의 유혹으로 인해서 많은 사람들이 마도를 걷게 되지요. 자질을 크게 따지지 않는다는 것도 한몫하겠습니다만."

"……"

루스는 자기만의 상념에 빠졌다.

평소라면 운정도 기다려 주겠지만, 지금은 한시가 급한 전쟁 상황. 운정은 그를 재촉하지 않을 수 없었다.

"아까도 말씀드렸지만, 렉크 백작께서 기다리실 겁니다. 전쟁 상황이지 않습니까?"

루스는 꿈에서라도 깨어난 듯 퍼뜩 고개를 들었다.

"죄송합니다. 얼른 가시지요."

그는 자기도 모르게 발걸음을 바삐 하며 내려갔다. 보통 사람이라면 따라가기 어려울 정도의 속도였지만, 운정에게는 큰 문제가 되지 않았다.

그들은 그렇게 렉크 백작의 집무실까지 가게 되었다.

집무실 밖에는 경계를 서는지 중무장한 콘이 서 있었다. 그는 운정을 보곤 얼굴을 찌푸린 채 본척만척하며 고개를 돌려 버렸다. 때문에 운정은 취했던 포권을 허무하게 거둘 수밖에 없었다.

그 안에 들어서자, 렉크 백작과 한 노년의 마법사가 있었다. 그 마법사는 잠옷을 입은 그대로 긴 지팡이를 들고 있었는데 운정이 들어오는 것을 보더니 말했다.

"당신이 운정 도사로군요. 제 이름은 아레스입니다."

운정이 포권을 취했다.

"안녕하십니까?"

아레스는 옅은 미소를 지었다.

"전에 왕궁에서 스페라 스승님께 이야기를 들었었는데, 들은 것보다 더욱 미남이시군요."

"스승님이라고요?"

운정의 되물음에 아레스의 옅은 미소가 더욱 진해졌다.

"스페라 스승님께서는 제자를 만드는 걸 아주 좋아하시지요. 몇십 년 전 일이라 스승님께서는 기억하지 못하시지만, 제가 마법사로서 크게 되는 데 도움을 주셨었습니다. 지금 백작가에서 수석 마법사로서 섬기고 있는 것도 다 그분 덕입니다."

그러고 보니 로스부룩도 비슷한 말을 했었다.

운정이 고개를 끄덕였다.

"그렇군요."

이를 가만히 지켜보던 렉크는 더 이상 참을 수 없다는 듯

다급하게 대화에 끼어들었다.

"인사치레는 이만하면 됐으니, 이쪽으로 와 보게. 와서 아레스의 도움을 받아 델로스에 있는 머혼 섭정에게 말을 해 줬으면 해. 애들레이드를 최대한 안전한 곳으로 피신시키고 싶네."

운정이 아레스의 맞은편에 앉았다. 그동안 아레스는 품속에서 수정구를 꺼내더니 그들 중앙에 있는 상 위에 얹어놓았다.

그가 눈을 감고 지팡이로 그 위를 살짝 치자, 수정구 안에 갑자기 먹구름 같은 것이 끼기 시작했다. 그리고 그 안에서 천둥 번개가 연속적으로 일어나기 시작했다.

아레스는 눈을 뜨고는 말했다.

"신호는 가고 있습니다. 마법부 사람이 이제 연락을 곧 받겠지요."

렉크는 조금 초조한 표정을 짓더니 곧 다리를 꼬며 중얼거렸다.

"델라이 전체가 내전 중에 있는데 왕궁에서 대체 뭘 하고 있는 건지. 내 연락을 이렇게 받지 않는다면, 다른 곳의 연락은 불 보듯 뻔하구만."

그는 곧 다리를 반대로 꼬았다.

그런데 그때, 먹구름이 갑자기 걷히면서 익숙한 얼굴이 나왔다.

델라이 왕궁의 수석 마법사 알비온이었다.

그가 말했다.

"아레스 수석 마법사님, 들리십니까?"

아레스가 말했다.

"예, 잘 들립니다."

알비온이 이어서 말했다.

"분명 운정 도사님에 관한 일로 인해서 연락하신 것이겠지요?"

"그렇습니다. 머혼 섭정님을 불러 주실 수 있겠습니까? 렉크 백작님께서 이야기하고 싶다 하십니다."

"알겠습니다, 잠시 기다리십시오. 해킹이 올 수 있으니 잠시 연결을 꺼 놓겠습니다."

그 말을 끝으로 수정구는 다시 먹구름으로 들어찼다.

렉크는 자리에서 벌떡 일어나며 조금 큰 소리로 외쳤다.

"젠장. 바로 옆에 있는 걸 뻔히 아는데 무슨 헛짓거리를 하려는 건지!"

그는 터벅터벅 걸어서 한쪽에 마련된 유리병을 들고는 그 안에 담긴 럼주를 벌컥벌컥 마셨다. 그럼에도 성이 안 풀리는지 한참을 씩씩거렸다.

얼마나 지났을까? 수정구에서 알비온이 나타났다.

"머혼 섭정님께서 오셨습니다. 렉크 백작님은 계십니까?"

렉크는 럼주를 내려놓으며 크게 말했다.

"여기 있다! 그러니까 머혼 섭정이나 나오라고 해라!"

그 말에 알비온의 얼굴이 사라지더니, 곧 머혼의 얼굴이 나타났다.

렉크는 그 얼굴을 이글거리는 눈으로 바라보다가 곧 성큼성큼 걸어서 아레스 옆에 앉았다. 아레스가 자리를 비켜 주려는데, 렉크는 수정구를 들어서 자기 앞에 놓았다.

머혼이 웃음을 머금으며 말했다.

"렉크 백작님, 들리는 소식에 의하면 욘토르 백작이 협정을 깼다 하는데, 그것이 사실입니까?"

렉크는 굳은 표정으로 말했다.

"나는 평소 집안 청소를 꽤 잘합니다. 내 성에는 쥐새끼 하나 없습니다. 그러니 모르는 것을 마치 확실히 아는 것처럼 연기하지 않으셔도 됩니다, 머혼 섭정."

그 말에 머혼의 웃음이 살짝 흔들렸다.

그가 말했다.

"저번에 왕궁에서 뵈었을 때만 해도 기력을 많이 잃으셨던 걸로 보였는데, 이제 보니 젊은 날보다 더욱 정정하신 것 같습니다."

"델라이에 온 지 이십 년도 되지 않는 머혼 섭정이 어떻게 내 젊은 날을 아십니까? 다시 말씀드리지만, 모르는 것을 확실히 아는 것처럼 연기하지 마십시오, 머혼 섭정."

이에 머혼의 웃음기가 완전히 사라졌다.

그가 말했다.

"무슨 일로 보자고 한 겁니까, 렉크 백작."

렉크는 목을 가다듬고 말했다.

"욘토르 백작이 내 영지로 배 수백 척을 이끌고 와서는 전면전을 펼치겠다 하고 있습니다. 그런데 아쉽게도 지금 성내 공간이동 마법진을 사용할 수 없습니다. 그래서 머혼 섭정께서 운정 도사에게 안배한 것을 사용하여 내 딸아이를 델로스로 피신시키고 싶습니다."

머혼은 쏟아지는 정보가 벅찼는지 잠시 말이 없었다.

그러나 그는 이내 상황을 모두 이해하고는 말했다.

"설마 운정 도사가 말해 줬습니까?"

"그럼 내가 누구에게 들었겠습니까? 난 쥐새끼 안 키웁니다."

"정말이지 운정 도사는 진짜……."

이후 이어질 말은 욕설이 분명했지만, 그는 겨우 참아내는 듯했다.

렉크가 말했다.

"해 줄 겁니까?"

그 질문에 머혼이 나지막하게 말했다.

"렉크 백작님, 전에 제게 애들레이드 왕비를 영지로 데려가게 해 준다면 제가 하는 모든 것을 지지하겠다고 하셨습니다. 전 약속을 지켰고요."

"알고 있습니다, 머혼 섭정. 마찬가지로 나도 약속을 지키기 위해서 욘토르 백작과 협의하지 않고 있지요."

머혼은 팔짱을 끼더니 말했다.

"그럼 이번에는 무엇을 거시겠습니까?"

렉크는 가만히 있다가 이내 나지막하게 말했다.

"이 전쟁에서 이기지 못하면 어차피 렉크가는 사라집니다. 그러니 승리한다는 전제하에 말씀드리겠습니다. 만약 지금 제 딸의 신변을 지켜 주신다면, 현재 욘토르 백작가가 다스리는 모든 영지와 섬을 왕가에 넘기겠습니다. 아니, 머혼가에 넘기겠습니다."

머혼은 고개를 살짝 갸웃하더니, 툭하니 말했다.

"글쎄요. 욘토르 군도는 분명 넓은 영역임이 틀림없습니다만, 제게 필요하진 않습니다."

"그럼 무엇을 바라십니까?"

머혼은 잠깐 뜸을 들이다가 이내 툭하니 말했다.

"이후 제가 왕권을 선포할 때, 지지해 주십시오. 그리고 과거 렉크 가문이 델라이 왕조와 맺었던 충성 서약 그대로를… 머혼 왕가에게 해 주십시오."

"……."

렉크가 아무런 말을 하지 않자, 머혼이 말을 이었다.

"이에 하나 더 제안하도록 하겠습니다."

머혼이 렉크의 반응을 살피는데 렉크는 무표정한 채로 턱에 손을 올렸다.

렉크가 조용히 말했다.

"듣고 있습니다, 머혼 섭정."

머혼은 살짝 웃으며 빠르게 말했다.

"만약 충성 서약을 약조해 주신다면, 왕궁에서 이번 전쟁을 대신 싸워 드리겠습니다. 렉크 군도에 존재하는 어떤 기사나 영지민의 피도 흘리지 않고, 공짜로 승리를 거머쥐게 될 것입니다. 그리고 거기서 멈추는 것이 아니라, 렉크 가문은 욘토르 가문에 속해 있는 모든 영지까지도 거머쥐게 될 겁니다."

"……."

"케네스라고 하나요? 원래 델라이가 세워지기 전에 그 일대 군도에는 나라가 있었지요. 좋습니다. 이번 기회에 렉크 백작께서 케네스 공작이 되는 겁니다."

"공작?"

"물론이지요. 앞으로 델라이를 대신할 나라는 왕국이 아니라 제국이 될 테니까요. 제가 직접 공작의 직위를 드리겠습니다. 그리고 케네스 군도는 그 새로운 제국의 제일 공작령이 될 겁니다."

렉크는 한참 동안 말이 없다가 눈을 반쯤 감으며 말했다.

"역시 당신은 제대로 미쳤군, 머혼."

머혼도 똑같이 눈을 반쯤 감으며 웃었다.

"시대의 흐름을 막으시겠습니까, 렉크 백작?"

"그럴 힘도 마음도 시간이라는 놈에 의해 사라졌지."

"그러니까요."

"……."

수정구에 나타난 머혼의 얼굴이 더욱 커졌다.

그가 말했다.

"렉크 백작님."

"다시 말하지만 잘 들립니다, 머혼 섭정."

수정구를 통해 렉크를 바라보던 머혼의 두 눈빛은 더욱 날카롭게 빛났다.

"여기까지도 충분하겠지만, 렉크 백작님의 마음을 완전히 돌리기 위해서 하나 더 얹겠습니다."

렉크는 피식 웃었다.

"좋습니다. 당신이 나를 얼마나 잘 아는지 한번 보도록 하지요. 왕이 되려는 분이니 아니, 황제가 되려는 분이니 사람을 얼마나 잘 보시는지 어디 한번 가늠해 보도록 하지요. 머혼 섭정, 세 번째 조건은 무엇입니까? 무엇으로 내 마음을 확실히 얻으실 겁니까?"

머혼은 혀로 입술을 한 번 핥더니 말했다.

"왕궁으로 모실 애들레이드 왕비에게 평생 동안 자유를 보장하겠습니다."

렉크의 눈초리가 모아졌다.

"자유?"

머혼은 음흉하게 웃더니 고개를 연신 끄덕이며 말했다.

"델라이의 왕비였다는 그녀의 과거 신분이 앞으로 그녀의 인생에 어떠한 영향도 미치지 못하도록 하겠다는 겁니다. 그녀는 제 보호 아래에서 그녀가 원하는 삶을 살게 될 겁니다. 그녀가 원하는 곳에서 그녀가 원하는 사람들과 함께 말이지요."

그 말을 들은 렉크는 한참 동안 말이 없었다.

그저 뚫어지게 수정구 속 머혼을 바라볼 뿐이었다.

시간이 흐르고, 렉크가 툭하니 말했다.

"그 세 조건을 모두 만족시켜 주시는 즉시 렉크가는 머혼 왕가를 지지할 것이며 충성 서약 또한 거행할 것입니다."

머혼은 더 웃을 수 없을 만큼 크게 웃었다.

곧 그가 옆을 바라보자, 높은 여인의 목소리가 작게 들렸다. 그렇게 몇 차례 대화가 오고 가자, 머혼이 다시 렉크 백작을 바라보며 말했다.

"한 가지 물어보고 싶습니다. 혹시 성내에 노매직존을 펼치셨습니까?"

렉크가 아레스를 바라보자, 아레스는 고개를 흔들었다.

"아직입니다."

머혼은 다시금 다른 곳을 바라보다가 툭하니 말했다.

"좌표를 달라고 하는군요."

그 말에 렉크가 옆으로 몸을 옮기자, 아레스가 수정구 앞에 앉았다. 그리고 손을 얹고는 몇 차례 중얼거리기 시작했다.

그러자 그의 몸에서 마나가 나와 그 수정구 안으로 들어갔다.

그리고 그 즉시 그 방의 한쪽에서 스페라가 나타났다.

툭.

그녀는 살짝 비틀거리더니 머리를 부여잡고는 말했다.

"생각보다 엄청 머네. 후우, 머리야."

공간이동의 여파가 꽤나 큰 듯 보였다.

"스페라, 괜찮으십니까?"

운정의 목소리를 들은 그녀는 웃으며 고개를 끄덕였다.

"응, 괜찮아. 살짝 어지러운 것뿐이야."

아레스는 자리에서 일어나서 고개를 숙였다.

"안녕하십니까, 스페라 스승님."

스페라는 눈초리를 모으고 아레스를 보다가 뭔가 깨달은 듯 말했다.

"시레스?"

"……."

"아라스?"

"……."

"아, 아레스. 맞지?"

아레스는 쓴웃음을 지었다.

"매번 같은 이름들이군요."

스페라는 슬쩍 운정의 눈치를 보더니 눈길을 피하며 말했다.

"뭐, 아무튼. 렉크 백작님? 전에 봤을 때보다 정정하시네요? 눈빛은 젊은 시절 때보다 더 살아 계시고."

렉크 또한 자리에서 일어나며 말했다.

"렉크가가 무너지느냐 도약하느냐 하는 중요한 시기니까요. 마지막까지 힘을 내야지요. 설마 머혼 섭정께서 스페라 백작님을 보내리라곤 생각하지 못했습니다. 진심이로군요."

스페라는 방긋 미소 지었다.

"진심이지요. 나하고 운정이면 속전속결로 욘토르니 뭐니 다 쓸어버릴 수 있으니까."

"……"

렉크가 말이 없자 스페라가 그의 속내를 꿰뚫어 보곤 말했다.

"난 당신들 둘이 젊을 적 의회장에서 치고받고 싸울 때부터 봐왔어요. 델라이 역사상 의회장에서 두 귀족의 난투극이 벌어진 건 당신들 둘이 처음이자 마지막이었죠."

렉크는 갑자기 들춰진 부끄러운 과거에 헛기침을 했다.

"크흠, 바다 사내들이 좀 그렇지요."

스페라는 미소를 유지하면서도 차가운 눈빛을 빛내며 말했다.

"그러니 괜찮겠어요? 내가 욘토르를 죽여 버려도?"

렉크의 얼굴이 일순간 굳었다.

"그가 제게 전면전을 선포한 이상 그와의 우정은 이미 없어진 겁니다."

"머혼 섭정은 아마 그 일가족까지 모조리 다 처형할 거예요. 불씨를 남기지 않기 위해서. 그건 어때요? 괜찮겠어요?"

"제가 괜찮지 않은 건 따로 있습니다."

스페라가 물었다.

"뭔데요?"

렉크는 진중한 목소리로 말했다.

"배 위에 있는 사람들이 전부 기사는 아닐겁니다. 영지민들이 대부분일 텐데, 어부로 생업을 이어 가는 평범한 사람들은 살려 주실 수는 없겠습니까?"

스페라는 머리를 긁적이더니 말했다.

"저쪽도 바보는 아니고. 아마 배 주변에 노매직존을 활성화할 거예요. 그러니 가장 좋은 건 운정이 수비를 맡고 제가 하늘에서 불비를 내려서 배를 모조리 불태우는 것이죠. 이 사람 저 사람 골라 가면서 상대하는 방법은… 글쎄요."

"……."

렉크가 아무 말도 못 하는데 아레스가 말했다.

"아마 불비를 내리는 건 통하지 않을 겁니다. 군도 내의 마법사들은 전부 물의 마법에 기본적인 재능을 가지고 있습니다. 물의 장벽으로 배를 감싸 불비를 충분히 막아 낼 수 있을 겁니다."

스페라의 한쪽 입꼬리가 올라갔다.

"그래도 내 불비는 못 막을걸?"

아레스는 공손한 어투로 대답했다.

"군도 내 사람들은 걷기 전에 수영부터 합니다. 마법적 재능은 스페라 백작님에 비해 한참 떨어질지 모르지만 물에 대한 친밀도는 파인랜드 제일이라 자부합니다."

스페라의 비웃음이 더 깊어졌다.

"그건 해보면 알겠지. 한번 막아 봐."

스페라는 왼손을 앞으로 뻗었다. 그러자 그녀의 손에서 뜨거운 화염이 생성되어 곧장 아레스에게 날아갔다. 크기는 손톱만 했지만, 온도만큼은 방 안의 공기를 일순간 달굴 정도로 뜨거웠다.

아레스는 침착한 표정으로 지팡이를 살짝 흔들었다. 그러자 그 끝에서부터 걸쭉한 물이 생성되더니, 그 불을 감싸 안았다.

치이익.

화염은 주변의 물을 끓이면서 맹렬히 타올랐다.

스페라는 그 물이 곧 수증기로 변할 거라 믿어 의심치 않았다.

하지만 계속해서 끓어오를 뿐, 물의 총량은 그대로였다.

오히려 화염이 점차 약해지더니 이내 완전히 종적을 감추게 되었다.

"……"

스페라가 아무런 말도 하지 못하자 아레스가 말했다.

"불과 물은 상성이 너무 좋지 않습니다. 게다가 여긴 바닷가라 공기 중에 습기가 이미 가득 차 있습니다."

스페라가 이를 한 번 악물더니 말했다.

"다시 해. 진심으로 해 줄게, 이번엔."

아레스가 여유롭게 말했다.

"물론 스페라 백작께서 진심으로 하신다면 당연히 제가 그불을 꺼뜨릴 수 없을 겁니다. 하지만 이곳이 성내가 아니라 얼마든지 물을 끌어다 쓸 수 있는 바다 위라면? 같은 결과로 이어질 겁니다."

아무리 스페라의 화염 마법이 강력하다 해도 바다를 모두 증발시킬 순 없다.

스페라는 멋쩍은 표정으로 중얼거리듯 말했다.

"그럼 불비로는 안 되겠네."

아레스는 렉크를 바라보며 말했다.

"백작님, 마음을 정하셨다면 우선적으로 성내에 노매직존을 펼쳐 두는 것이 좋겠습니다."

렉크가 나지막하게 말했다.

"저쪽에선 그걸 전쟁 신호로 받아들일 것이네. 삼 일간 최대한 준비를 하고 펼치는 게 나을 수도 있어."

아레스는 고개를 저었다.

"그보다는 암살자를 보낼 확률이 더 높습니다. 방금 머혼 섭정과의 대화에서 백작님의 결정이 무엇인지 겉으로 드러났습니다. 전쟁은 사실 그 순간 시작된 것입니다. 그 정보가 어떠한 경로에서든 저들에게 들어가면, 전쟁이든 암살이든 뭐든 즉시 시도할 것입니다. 그러니 지금 당장 노매직존을 펼치는 것이 맞습니다."

그 말에 스페라는 즉시 말했다.

"미안하지만, 나와 운정은 단 한순간이라도 노매직존 안에 있지 않을 거야. 내가 이곳에 온 이유는 언제라도 델로스로 귀환할 수 있다는 보장이 있어서야. 그러니 성내 노매직존을 가동한다면, 우리는 성 밖에 있을 테니 그리 알아."

렉크가 아레스에게 물었다.

"혹 성내에 노매직존이 미치지 않는 영역이 있는가?"

아레스가 조금 고민하더니 대답했다.

"애들레이드 왕비께서 칩거하시던 첨탑까지는 아마 미치지 않을 겁니다. 성 가장자리에 있으면서 홀로 너무 높아서 성 내 중앙에 있는 노매직존이 닿을 수 없습니다."

"그런가? 그러면 그곳은 보안에 취약할 수밖에 없구면."

"아, 그곳에 작은 노매직존을 하나 더 펼칩니다. 노매직존은 반구의 형태라서, 그 편이 더 마나스톤이 적게 듭니다."

"흐음. 어차피 애들레이드는 이제 곧 떠날 테니 그곳을 운정 도사와 스페라 백작에게 내어 주되, 그곳의 노매직존은 가동치 않는 걸로 하지."

"알겠습니다."

렉크는 스페라를 보더니 말했다.

"일단은 애들레이드를 피신시켜 줄 수 있겠습니까? 그리고 노매직존이 모두 가동되면, 다시 이곳에 와서 본격적으로 전략을 짜 보도록 합시다."

스페라는 아레스를 한 번 흘겨보고는 말했다.

"좋아요. 노매직존을 가동하는 걸 조금 도와드리지요."

그 말에 아레스의 얼굴에 화색이 돌았다. 회복했다고는 하지만, 성내 노매직존을 가동하는 건 만만치 않은 일이었기 때문이다.

이후 렉크와 짧게 인사한 아레스와 스페라, 그리고 운정은 집무실 밖으로 나갔다.

그들은 노매직존을 가동하기 위해 성내 지하로 이동했는데, 마치 거대한 동굴과도 같았다.

"성 아래 이런 지하라니. 드래곤이라도 키우나 봐?"

아레스가 대답했다.

"하수구입니다. 군도에는 가끔씩 폭우가 쏟아지는데 열흘 밤낮으로 이어질 때도 있어서, 이 정도의 크기가 아니면 감당이 안 되지요."

"그래?"

"노매직존은 이곳 중앙에 있습니다."

"전쟁 도중에 비가 와서 물이 차오르면 어쩌려고?"

"크게 상관없습니다. 말씀드렸다시피 우린 걷는 것보다 수영을 더 잘하니까요."

"……."

한참을 걸어서 중앙으로 간 그들은 곧 렉크 성의 노매직존 마법진을 볼 수 있었다.

오색찬란한 빛에 스페라는 놀람을 감추지 못하며 말했다.

"우와, 마법진이 전부 엘라늄(Elanium)이야?"

아레스는 자부심이 담긴 목소리로 말했다.

"케네스 왕국 시절에 만들어진 것이지요. 여차하면 노마나존도 가능합니다만, 마나스톤이 너무 많이 들지요."

"오, 대단하네. 노마나존은 델라이 왕궁도 꽤 어려운데."

"그럼 같이 가동하실까요?"

"그래, 내가 맞은편에 서면 되지? 서포트해 줄게. 첨탑까지 가는 데 얼마나 걸려?"

"십 분 정도 걸으면 됩니다."

"그럼 가동이 거의 다 됐을 때 빠질게. 내가 가고 나서 십 분 뒤에 가동해. 알았지? 조금이라도 빨리 가동해서 나랑 운정이 성내에 남아 있을 때 노매직존이 펼쳐지기만 해 봐. 이 정도 성 따위, 즉시 불바다로 만들고 바로 델라이로 귀환할 거야."

"아, 예."

스페라는 마법진을 중간에 두고 아레스와 마주 보듯 섰다.

그리고 그들은 서로의 지팡이를 꺼내 들고 눈을 감더니 천천히 주문을 읊기 시작했다.

무방비 상태에 놓인 그들을 지키기 위해서 운정은 영령혈검을 쥔 채 기감을 활성화시켜 수배로 확장했다.

그때였다.

"살기?"

운정의 고개가 확 돌아갔다.

찰나의 순간 동안 그가 고민했다.

스페라와 아레스를 지켜야 하나 아니면 살기가 느껴진 곳을 확인해 봐야 하나.

그때 스페라가 한쪽 눈을 살짝 뜨곤 운정을 향해서 찡긋했다.

괜찮다는 의미일 것이다.

운정은 고개를 살짝 끄덕이곤 그 즉시 제운종을 펼쳐 왔던 길을 돌아갔다.

탁. 탁. 탁.

바닷바람보다 수배는 센 바람을 휘감으며 그는 성내를 누볐다. 그와 마주친 하녀나 기사는 그의 모습을 보지도 못하고 오로지 그가 지나가며 남긴 광풍만을 느낄 수 있었다.

탁.

그가 렉크의 집무실 앞에 도착했다.

목이 반쯤 잘린 채 죽은 한 시녀.

심장에 짧은 단검이 박혀 있는 채로 기절한 렉크 백작.

검을 든 채, 활짝 열린 창문을 향해 서 있던 콘.

콘은 살기가 가득한 표정으로 운정을 돌아봤다.

"루스입니다! 그가 백작을 암살하려 했고, 마침 자리에 있던 제가 저지하려는데 창문으로 도망쳤습니다."

운정은 쓰러져 있는 렉크에게 다가갔다.

그러자 콘 또한 빠르게 움직여 렉크에게로 왔다.

심장을 찌른 단검 사이로 핏물이 뿜어지고 있었다.

운정이 콘에게 말했다.

"가서 암살자를 찾아보십시오. 렉크 백작님은 제가 돌보고 있겠습니다."

콘은 렉크와 운정을 번갈아 보다가, 이내 결심했는지 자리에서 일어났다.

"예, 알겠습니다!"

그는 빠르게 집무실에서 뛰쳐나갔다.

운정은 심장 주변을 빠르게 점혈했다. 그러곤 내력을 불어넣어 그 안을 보호하며 천천히 단검을 빼 들었다. 심장 안의 피를 모두 빼내고는 상처 주변에 다시금 내력을 넣어 회복력을 크게 상승시키고, 이후 그는 심장 주변의 점혈을 풀어서 다시금 피가 돌게 했다.

이미 두 번이나 해 봤던 일이라 크게 어렵지 않았다.

운정은 렉크의 단전에 손을 올려서 기운을 불어넣어 그의 전신을 보호했다. 단순히 심장뿐 아니라 몸 이곳저곳에 이상이 있어, 그 모든 곳에 따뜻한 선기를 허락했다.

몸은 차츰 회복되었으나, 이성을 되찾기에는 흘린 피가 너무 많았다.

운정은 렉크의 몸을 들어서 한쪽에 편안하게 눕혀주고는 그를 내려다보며 말했다.

"렉크 백작이 욘토르 백작과 전쟁을 하기로 마음을 먹은 건 바로 방금 전, 이곳이었다. 그 일이 있은 지 얼마 지나지 않아서 바로 암살자가 왔었다면, 이건 외부에서 침입한 것이 아니라 내부의 인물이 확실해. 콘 경이 말했던 것처럼 루스 경이 범인일까?"

그는 자리에서 일어났다.

문가에는 이미 영혼이 떠난 한 시녀의 시신이 아무렇게나 쓰러져 있었다.

마리아라고 불린 그 시녀였다.

운정은 아직도 감지 못하고 있는 눈을 감겨 주며 중얼거렸다.

"흠, 아무런 상관도 없는 이가 죽었구나. 검상이 매우 거친 것을 보면 다급하게 검을 놀렸어. 계획적으로 보이진 않는데……."

그리고 천천히 걸음을 옮겨서 활짝 열려 있는 창문으로 다가갔다.

그가 고개를 내밀고 아래를 보니, 저 절벽 아래 사람 하나가 쓰러져 있었다.

운정이 눈초리를 모으고 안력을 돋워 보니, 그 사람은 루스였다.

그는 고통에 신음하면서 몸을 들척거리고 있었는데, 높은 곳에서 떨어져 사지가 이상한 각도로 꺾여 있었다. 하지만 생명에 지장이 있어 보이진 않았다.

"루스!"

그때 분노의 찬 음성이 저 멀리서 들렸다.

운정이 시선을 돌려 보니, 막 한쪽에서 뛰어나온 콘이 살기가 가득한 눈빛으로 루스를 바라보고 있었다. 루스 역시 마찬가지로 살기 어린 눈빛으로 콘을 노려보았으나, 사지가 꺾인 그가 할 수 있는 것은 없었다.

운정은 렉크를 돌아봤다.

렉크는 가만히 누운 채 조용히 숨을 쉬고 있었는데, 미약하긴 해도 일정했다.

운정이 다시 고개를 돌려서 콘과 루스를 보는데, 콘이 검을 빼 들고 루스에게 달려들고 있었다.

운정은 창문에서 뛰어내리며 오른손을 앞으로 뻗었다.

그러자 영령혈검이 절로 그의 손에 빨려 들어오듯 잡혔다.

그는 건기와 곤기를 동시에 운용해서, 본래 추락하는 속도보다 수배는 빠르게 떨어지기 시작했다.

콘의 검이 루스의 몸에 닿기 일보 직전.

운정이 영령혈검을 살짝 흔들자, 그 검신에서 유풍검기가 발사되어 콘의 검을 잘라 버렸다.

희색이 감돈 표정으로 검을 내려치던 콘은 순간 가벼워진 검 때문에 중심을 잃어버리곤 꼴사납게 옆으로 엎어졌다.

그가 다시 벌떡 일어나려는데, 그의 목 언저리에는 영령혈검이 있었다.

운정은 아무런 감정이 없는 눈빛으로 콘을 바라보았다.

콘이 얼굴을 구기며 말했다.

"뭐 하는 것입니까!"

운정은 단조로운 어조로 말했다.

"암살자는 당신이로군요."

"뭐, 뭐라고요?"

콘이 분노에 차서 되묻는데, 쓰러져 있던 루스가 약한 목소리로 말했다.

"마, 맞습니다. 코, 콘이 레, 렉크 배, 백작님을……."

그 말을 듣자 콘의 눈동자가 흔들리기 시작했다.

이미 그것만으로도 그는 시인한 것과 다름이 없었다.

하지만 그는 악을 쓰듯 말했다.

"지금 무슨 소리를 하는 겁니까, 운정 도사! 루스가 렉크 백작님을 죽였습니다. 루스라고요!"

운정은 고개를 서서히 저었다.

"죄송하지만, 당신이 무슨 짓을 할지 모르니 점혈하겠습니다."

"무, 무슨?"

운정은 순식간에 콘의 몸에 손가락을 뻗어 그의 사지를 점혈했다.

콘은 루스만도 못한 신세가 되어 그 자리에 쓰러졌다.

운정은 뒤돌아서 루스를 보았다.

두 눈에 뜨거운 눈물을 머금은 루스가 거친 숨을 내쉬며 말했다.

"아, 암살자는……."

운정은 따스한 표정을 지으며 말했다.

"알고 있습니다. 그러니 더는 말하지 마십시오. 일단 몸을 치료해 드리겠습니다."

루스는 눈을 살짝 감으며 짧게 대답했다.

"예."

"고통스러울 겁니다. 조금만 참으십시오."

루스가 결연한 표정을 짓자, 운정은 그의 몸 이곳저곳을 점혈한 뒤에, 그의 사지를 이리저리 끼워 맞추기 시작했다. 살 밖으로 튀어나온 뼈도 집어넣었고, 꼬인 근육들도 다시 풀었으며 끊어진 신경도 다시 이었다.

이에 엄청난 고통을 느꼈지만, 루스는 혀를 조금씩 깨물어 가며 버텨 냈다.

응급처치가 끝나자 운정은 루스의 단전에 내력을 불어넣어 그의 몸을 회복시켜 주었고, 이내 루스는 고통이 점차 줄어드는 것을 느꼈다.

"운정!"

운정이 고개를 들어서 위를 보니, 아까 그가 있었던 그 창문에 스페라가 고개를 내밀고 있었다.

운정이 말했다.

"렉크 백작님은 어떠십니까?"

스페라는 슬쩍 안쪽을 보더니 말했다.

"괜찮은 거 같아. 근데 무슨 일이 일어난 거야?"

운정은 루스의 단전에서 손을 떼고는 말했다.

"암살 기도가 있었습니다. 일단 렉크 백작님을 회복시켜야 하는데 회복 마법을 좀 걸어 줄 수 있겠습니까?"

스페라는 뚱한 표정을 짓더니 말했다.

"회복 쪽은 잘 못해. 하려면 주문을 꽤 오래 영창해야 하는데, 이제 곧 성 전체가 노매직존이 될 거야."

운정은 빠르게 생각하곤 말했다.

"그럼 첨탑으로 옮기도록 하지요. 이 두 명도 부탁드리겠습니다."

스페라는 이해할 수 없다는 표정을 지었지만 일단 고개를 끄덕였다.

"알겠어."

그녀는 손을 뻗어 공중에서 튀어나온 지팡이를 잡더니, 휙휙 저었다. 그러자 루스와 콘의 몸이 둥둥 떠오르더니, 그녀를 따라서 창문 속으로 들어가 버렸다.

운정은 제운종을 펼쳐서 하늘을 밟고는 마찬가지로 그 창문 속으로 들어갔다.

스페라는 막 렉크의 몸까지 띄우고 있었는데, 운정이 창문에서 모습을 드러내자 화들짝 놀랐다.

"아, 너도 올라왔구나! 그 생각을 못 했네."

운정은 옅은 미소를 지어 보이며 그녀에게 말했다.

"제가 길을 알고 있으니 안내하겠습니다."

"쟤는 어떻게 하려고?"

스페라가 고갯짓을 한 곳에는 이미 죽어 버린 마리아의 시신이 있었다.

운정은 어쩔 수 없다는 듯 고개를 저으며 앞장섰다.

스페라도 그녀를 빤히 보다가 툭하니 말했다.

"언제나 괜한 사람들만 죽는 건 똑같네."

퉁명스럽게 말한 그녀도 방 밖으로 나갔다. 그녀의 뒤로 세 사람이 공중에 둥실 떠서 그녀를 따라갔다.

운정과 스페라 그리고 세 남자는 빠르게 성내를 움직였다. 도중에 마주친 하녀들과 기사들은 너무나 괴기스러운 그 장면에 놀라 당황했는데, 그들의 속도가 너무 빨라서 채 반응하지 못했다.

"배, 백작님! 캐, 캡틴!"

"멈춰! 멈춰라!"

몇몇 기사들이 검을 빼 들고 그들을 따라 뛰었지만, 그들의 속도는 줄어들 줄 몰랐다.

꼬불꼬불한 복도와 바다가 보이는 복도까지 지나고, 그들은 곧 첨탑의 계단 시작 부근에 도착했다.

"이쪽입니다."

운정이 올라가려고 하는데, 그 순간 렉크 성 내에 존재하는 모든 마법이 풀려 버렸다. 때문에 세 남자에게 걸려 있는 비행 마법까지도 그 효과를 잃어 그 몸이 바닥으로 추락했다.

스페라가 놀란 표정을 지은 그때, 운정은 얼른 바람을 일으켜 그들을 받아 냈다.

"멈춰라!"

"백작님을 구해!"

다가오는 기사들의 외침을 들은 스페라가 어깨를 으쓱하며 말했다.

"설명해 줘도 모를 테니까, 얼른 올라가자. 렉크 백작이 깨어나면 어떻게든 되겠지."

짧게 고민한 운정은 고개를 끄덕이곤, 바람의 힘으로 그 셋을 공중에 띄운 채 첨탑을 빠르게 올라갔다.

그렇게 애들레이드가 있는 방에 다다르자, 노매직존의 영향에서 벗어났다.

덜컹.

방문이 열리자, 침대 위에 누워 반쯤 잠에 든 애들레이드가 화들짝 놀라며 운정을 보았다. 그 놀람은 뒤따라 들어오는 사람들을 보며 기하급수적으로 증폭됐다.

"여마법사? 콘 경? 루, 루스 경! 아… 아버지!"

쾅.

문을 닫은 스페라는 지팡이를 들고 빠르게 마법을 시전했다.

[락(Lock)]

마법에 의해 굳게 닫힌 문은 이제 물리적인 방법으로는 절대로 열 수 없게 되었다.

운정이 검결지를 거두자, 세 남자의 몸이 차례대로 땅에 놓아졌다.

애들레이드는 렉크에게 다가가 그의 상태를 살피면서 운정에게 말했다.

"아, 아버지께서 어떻게 되신 거예요? 이 피는 다 뭐고……."

운정이 대답했다.

"생명에는 지장이 없으시니 너무 큰 걱정 안 하셔도 됩니다. 암살 기도가 있었으나, 위기를 잘 넘겼습니다."

운정는 편안한 어조로 말했지만, 애들레이드의 표정은 공포로 물들었다.

"아, 암살 기도요? 아, 아버지가 암살을 당하셨다고요?"

운정은 고개를 끄덕이더니, 그녀에게 다가와서는 그녀와 눈높이를 맞추고 말했다.

"이제 괜찮습니다. 곧 회복하실 겁니다. 그러니 너무 심려치 않으셔도 됩니다."

그때였다.

쾅! 쾅! 쾅!

"무, 문을 열어라! 당장!"

"어서! 가, 감히 백작님과 캡틴을! 어서 문 열지 못해!"

그 소리를 듣자 애들레이드의 눈이 금세 눈물로 가득 차기 시작했고 그 표정에 공포감이 한층 더 짙게 올라오기 시작했다.

스페라는 한숨을 쉬었다.

"아, 귀찮아."

그 말이 끝나기 무섭게 애들레이드가 소리를 질렀다.

"사, 살려줘요! 살려 주세요!"

그에 맞춰서 밖에 있는 기사들도 더욱 큰 소리로 외쳤다.

"왕비님! 왕비님! 괜찮으십니까!"

"왕비님께 무슨 짓이냐! 가만두지 않겠다!"

비명과 기사들의 외침은 계속해서 이어졌지만, 달라지는 것은 아무것도 없었다.

스페라와 운정이 가만히 기다려 주자, 한참을 소리 지르던 애들레이드의 비명이 점차 작아지기 시작했다. 그녀는 스페라와 운정이 자신을 해치려는 의도가 없음을 깨닫고는 결국 입을 다물었다.

운정은 그녀를 향해서 미소를 지어 보인 뒤, 콘의 점혈을 머리 위로만 풀었다.

콘은 깨어난 즉시 이글거리는 눈빛으로 돌변해 몸을 마구 움직이려 했지만, 전혀 움직이질 못했다.

운정이 나지막하게 물었다.

"왜 렉크 백작님을 암살하시려고 한 겁니까? 욘토르에게 사주를 받으셨습니까?"

확신의 찬 운정의 목소리에, 콘의 표정에서 분노가 점차 사라졌다.

곧 움직이길 포기한 그의 얼굴엔 차디찬 냉소만이 가득해졌다.

"흥, 내가 그렇게 치졸한 사람인 줄 아느냐?"

운정이 눈빛을 빛내며 말했다.

"충동적이셨군요. 그럴 것 같긴 했습니다만. 그 또한 이유가 궁금합니다."

그때 미약한 목소리가 방 안에 울렸다.

"놔두시게, 운정 도사. 그의 마음은 이해하니."

"아버지! 깨어나셨어요?"

애들레이드는 렉크의 머리를 품에 안았다.

렉크는 힘겹게 눈을 뜨더니, 신음이 살짝 섞인 목소리로 말했다.

"이 일은 사실 나와 내 딸이 죽으면 해결될 일이기도 하지. 그러면 그 누구도 더 피를 볼 건 없어."

그 말에 콘은 코웃음을 크게 치더니 큰 소리로 말했다.

"난 전혀 부끄럽지 않습니다, 렉크 백작님. 군도를 배신한 건 당신이니까요."

"……."

렉크는 더 말하지 않았다.

어떻게 보면 그 의미는 그도 자기가 군도를 배신했다는 것을 알고 있다는 뜻이다.

콘은 더욱 차가워진 목소리로 말했다.

"어디 한번 저 문을 열어 보시지요. 그리고 제가 당신을 암살하려 했다고 기사들에게 말하시고, 저들이 어찌 반응하나 보십시오. 과연 저들이 나를 사로잡을지, 아니면 당신을 죽이고 욘토르 백작께 항복할지."

"……."

"당신은 당신의 딸 하나 포기 못 해서 대륙인들의 손을 빌렸습니다. 그뿐입니까? 이젠 이계인까지도 동원하셨지요. 군도의 자존심은 어디 갔습니까? 예?"

"……."

"난 어릴 적부터 당신의 이야기를 듣고 자랐습니다. 고귀한 신분임에도 직접 해적 소탕에 앞장서서, 군도 내에 존재하는 모든 해적을 모조리 섬멸했다 들었지요. 그때의 위용은 어디 간 겁니까? 당신은 늙었고, 후사도 없습니다. 그러니 군도의 왕가가 되어 봤자 무슨 의미가 있습니까?"

"……"

"욘토르 백작이야말로 진정한 바다 사내입니다. 이 성은 당신에게 어울리지 않습니다, 렉크 백작."

이 모든 이야기를 겸허히 들은 렉크가 툭하니 한마디 했다.

"조나단이 떠나면서 네게 고향 섬의 도주 자리라도 약속했나 보군. 콘, 그렇지 않나?"

그 말을 듣는 순간, 콘의 얼굴이 시뻘게졌다.

그는 분노를 토해 내며 말했다.

"난 그의 제안을 칼같이 거절했습니다! 하지만 당신은 그 섭정질을 하는 제국 귀족에게 빌붙어 먹었지요! 내가 당신을 배신한 게 아니라 당신이 나를, 그리고 더 나아가서 군도를 배신한 겁니다!"

렉크는 눈길을 돌려 운정을 보았다.

"저리 말하는 것을 보니 충동적인 게 확실하군. 아마 저쪽에선 내가 암살을 당했단 사실을 모를 거야."

그 말 한마디에 콘의 표정이 멍해졌다.

렉크가 그 사실을 알아내기 위해 자신을 떠봤음을 깨달은 것이다.

운정이 턱에 손을 얹고 말했다.

"제 생각도 같습니다. 그가 백작님을 보호하는 입장이었다면, 절대 백작님의 곁을 떠나지 않았을 겁니다. 제가 백작님을 치료하겠다 했을 때 그냥 맡겨 두고 나간 건, 루스를 죽이는 것이 더욱 시급해서 그런 것이라고 생각했습니다. 또한 굳이 죽일 필요 없는 시녀를 죽인 것도 아마 목격자였기 때문이겠지요. 계획적이었다면, 아무도 없을 때 손을 썼을 겁니다."

그 말을 들은 순간 렉크는 당시 방 안에 있었던 시녀가 누군지 순간적으로 떠올랐다.

그의 낯빛이 크게 어두워졌다.

"마리아……."

애들레이드의 얼굴 또한 창백해졌다. 그녀는 양손을 입으로 가져가며 말했다.

"설마요, 아버지, 마, 마리아가……."

렉크는 눈을 감고는 깊은 한숨을 쉬었다.

애들레이드는 더욱 굵은 눈물을 흘리기 시작했다.

이를 보던 스페라가 천천히 렉크에게 걸어와 옆에 앉았다.

"회복 마법 걸어 줄게. 난 그쪽으로 일가견이 없어서, 좀 시간이 걸릴 거야."

그런데 그때, 문 밖에서 누군가 마법을 시전했다.

[언락(Unlock).]

방문이 벌컥 열리더니, 수석 마법사 아레스와 스톤 기사단

기사 둘이 안으로 들어왔다.

쓰러져서 힘겹게 눈을 뜨고 있는 렉크와 그의 머리를 안고 있는 애들레이드.

그의 옆에서 마법을 시전하려는 스페라.

악에 받친 얼굴을 한 콘.

기절해 있는 루스.

그리고 마지막으로 영령혈검을 빼 든 채 서 있는 운정.

이 상황 자체가 잘 이해가 안 되는지, 아레스와 두 기사는 영문을 모른 채 가만히 그들을 지켜보기만 했다.

그때 콘이 크게 외쳤다.

"어서! 어서 외부인들을 모두 죽여라!"

그때 애들레이드가 바로 반박했다.

"아니에요! 콘 경의 말을 듣지 마세요! 콘 경은 아버지를 시해하려 했다고요!"

두 개의 상반된 말.

아레스는 애들레이드의 말을 믿었지만, 두 기사는 콘의 말을 믿고는 운정을 향해서 검을 뺐다.

운정은 영령혈검의 검면으로 그 기사들의 손목을 쳐서, 검을 놓치게 만들었다.

하지만 그새 더욱더 많은 기사들이 안으로 들어와 좁은 방 안을 가득 채웠다. 그들은 살벌한 눈빛으로 운정을 쳐다보았는데, 그때 애들레이드가 말했다.

"멈춰요! 다들! 암살을 시도한 건 콘 경이에요! 그가 직접 시인했어요! 그가 자기 입으로 말했다고요!"

그 말에 기사들의 눈빛이 흔들리는데, 콘이 고개를 뻣뻣하게 들며 말했다.

"그래! 내가 했다!"

"……."

"……."

"……."

누군가 찬물을 끼얹은 것처럼 방 안이 갑자기 조용해졌다.

모두의 시선이 콘을 향하는데, 콘은 자랑스럽다는 듯 외치기 시작했다.

"내가 그렇게 한 이유는 바로 나, 콘이 렉크 가문 스톤 기사단의 캡틴이기 앞서 바로 이 군도의 바다 사내이기 때문이다. 너희들은 그렇지 않은가? 너희는 기사가 먼저 되었는가, 아니면 바다 사내가 먼저 되었는가?"

"……."

"……."

다들 이해할 수 없다는 표정을 짓자 콘이 더더욱 큰 목소리로 외쳤다.

"내가 렉크 백작을 배신한 것이 아니다. 그가 우리를 먼저 배신했다! 우리의 일에 대륙인들을 넘어서 이계인들까지 이 바다에 끌어들였어! 델라이 왕궁에서 섭정질을 하고 있는 천년제국의 귀족에게까지 꼬리를 흔들며 군도의 공작이 되고 싶다고 아양을 떨었지! 이는 내가 바로 집무실 밖에서 호위를 서다가 직접 들은 것이다!"

"……"

"……"

기사들이 술렁이는 것을 본 콘은 자신에 찬 표정으로 렉크를 바라보며 말했다.

"스톤 기사단! 렉크 백작은 우리를 믿지 못했다. 진작 우리를 믿었다면 욘토르 백작과의 결투에 우리 기사단을 내보냈어야 해. 하지만 그는 대륙의 기사를 사용했지. 그렇게 하고도 패배했어. 젊을 적 고래와 같던 그는 잊어라. 지금 그는 자기 딸내미의 안위 하나 때문에 바다 남자이길 포기한 한낱 조개에 불과하다. 치졸하기 짝이 없는 그를 죽여서, 더 이상 무고한 피를 흘리지 않도록 하자. 저 한 사람의 치졸함 때문에 군도의 사람이 피 흘리는 일은 없어야 한다."

"……"

"……"

"자! 어서 이 외부인들을 처단하고 우리를 배신한 렉크 부녀에게도 바다의 뜻을 알려 주자!"

두 번의 결투에 흑기사를 내보냈다는 것에 이미 다들 불만이 많은 상태였다.

그런데 대륙의 귀족에게 꼬리를 흔들고, 아양을 떨었다?

콘의 외침에 기사들의 눈빛이 크게 흔들리기 시작했다.

만약 누구 한 명이라도 동조한다면, 모조리 휩쓸릴 것 같았다.

그런데 그때 지금까지 기절해 있었던 루스의 입이 열렸다.

"그래서 마리아를 죽였습니까?"

"……"

방금 전까지만 해도 자신감에 차 있던 콘의 얼굴이 금세 핼쑥하게 변했다.

루스는 눈을 겨우 뜨고는 콘을 바라보았다.

"당신이 자신의 행동에 그리 떳떳하다면, 마리아는 왜 죽였습니까?"

"그, 그건……"

"마리아는 아무런 무술도 익히지 않은 여인입니다. 도대체 언제부터 바다 사내가 힘없는 아녀자에게 검을 쓴답니까? 또한 도대체 언제부터 기사가 무장하지 않은 자를 살해한답니까?"

"……."

콘이 아무런 말도 하지 못하자, 기사들의 눈빛이 다시금 제자리를 찾기 시작했다.

그들 중 몇몇은 오히려 콘을 향해 적의를 담기 시작했다.

"마리아를 죽였다고? 정말입니까? 캡틴!"

"마, 말도 안 돼. 그럴 리가 없어. 마리아처럼 좋은 사람이 어디 있다고!"

그 말에 콘은 연신 눈알을 굴리면서 변명했다.

"어, 어쩔 수 없었다! 백작이 우리를 배신했잖아! 나는 그를 심판해야 했었다! 그 와중에 생긴 어쩔 수 없는 부, 불상사……."

그 말은 불 위에 기름을 붓는 격이었다.

마리아는 모두에게 어머니와 같은 존재였기 때문이다.

기사들 중 가장 성질이 급한 사내가 성큼성큼 걸어오더니, 콘의 멱살을 틀어쥐었다.

"불상사? 불상사라고? 캡틴! 정말로 그렇게 생각하나? 응? 마리아를 죽인 게 정말로 불상사라고 생각해?"

콘은 그 기사를 뚫어지게 바라보다가 이내, 곧 시선을 아래로 내리깔았다.

그 또한 마리아에게 입은 크고 작은 은혜가 한두 가지가 아니기 때문이다.

충동적으로 일을 저지른 탓에 그도 실수한 것이다.

그는 결국 눈을 감아 버렸다.

자포자기한 모습을 본 그 기사의 얼굴이 분노로 물들고, 그는 검을 뽑을 것도 없다는 듯 콘의 목을 조르려 했다.

그때 루스가 말했다.

"그를 놔줘라. 그는 그래도 우리들의 캡틴이다. 재판권이 있으니, 재판을 통해서 처벌하지 않으면 너까지 처벌해야 한다, 발칸."

발칸이라 불린 그 기사는 얼굴을 일그러뜨리면서 루스에게 말했다.

"루테닉 루스! 당신이야말로 백작님과 마리아를 지키지 못하고 뭐 한 겁니까! 당신도 할 말 없습니다!"

발칸은 거칠게 말했지만 콘의 목을 조르진 않았다. 대신 아무렇게나 바닥에 내팽개쳤다.

쿵.

"크윽."

그렇게 모두들 격한 감정에 휩싸여 침묵을 지키고 있는데, 렉크가 말했다.

"스톤 기사단."

기사들이 모두 렉크를 바라봤다.

"……."

"……."

그들의 눈빛은 각자가 다 다르면서도 또 하나하나 다들 복잡했다.

렉크가 눈을 뜨고 그들을 찬찬히 보며 말했다.

"자네들은 내가 암살당했다는 사실보다 마리아의 죽음에 대해서 더욱 분노했지. 이는 바다 사내로서 당연한 것이다. 이유가 뭐가 됐든, 내 기사가 나에게 칼을 들이민 것은 결국 내 부족함이 드러난 거니까. 하지만 마리아의 죽음은 용납될 수 없는 것이다."

"……."

"……."

다들 말을 하지 않자, 렉크가 말을 이었다.

"자네들이 한 가지 알아 주었으면 하는 것은, 나 또한 자네들과 같은 마음이라는 것이다. 나는 무고한 영주민이, 또 자네들이 다치지 않았으면 한다. 이는 자네들을 아이처럼 생각하고 염려하기 때문이 아니야. 단지 델라이에서 일어나는 정치적인 다툼 때문에 군도의 그 누구도 피를 흘려선 안 된다고 믿는 것이지."

"……."

"……."

"하지만 욘토르는 그렇지 않다. 그는 기사들뿐만 아니라 수천 명의 영주민을 마치 군대처럼 이끌고 와서 전쟁을 하자고 한다. 그는 마치 이 군도를 위해서 그러는 것처럼 말하지만, 그가 자신의 야망을 이루기 위해서 아무런 상관도 없는 영주민들을 이용하고 있다는 사실에는 변함이 없어."

"……"

"……"

"이 때문에 나는 머혼 섭정과 뜻을 같이하기로 한 것이다. 그가 가진 압도적인 힘으로 그가 대신 전쟁을 치름으로써 군도 내 영주민의 피해로 최소화하는 것이… 바로 내가 생각할 때 가장 큰 승리이다. 자네들이 마리아를 생각하는 그 마음이 바로 내가 가진 마음이다. 그를 위해서 나는 바다 사내이기를 포기했다."

"……"

"……"

"내가 욘토르와 맞서 싸우기를, 자네들이 바란다는 것을 나는 잘 안다. 그렇게 하는 것이 바다 사내의 길이지. 하지만 그로 인해 군도 바다 위에 흩뿌려질 수많은 생명을 생각하면 나는 그렇게 할 수 없었다. 만약 자네들이 이에 동의할 수 없다면, 스톤 기사단에서 떠나 욘토르에게 가도 좋다. 막지 않을 것이고, 처벌 또한 하지 않을 것이다."

모두들 침묵을 지키는 그때, 성질 급한 발칸이 씹어 내뱉듯 말했다.

"개소리 마십시오. 백작님이 딸내미 때문에 그러는 걸 누가 모를 줄 압니까? 대의를 위하는 척하지만 당신도 결국 사람이지요."

그 말에 렉크는 인정하지 않을 수 없었다.

그의 말이 일정 부분, 아니, 그냥 사실이기 때문이다.

"다시 말하지만, 내게 실망했다면 스톤 기사단을 떠나도 좋다."

기사단 절반은 어쩔 수 없다는 표정을 지었고, 나머지 절반 정도는 얼굴을 일그러뜨렸다.

이대로 가단 기사단이 반토막이 날 거라 생각한 루스는 몸을 조금 일으키더니 말했다.

"뭐, 그래도 백작님이 제 백작님인 건 어쩔 수 없지요. 백작님께서 무슨 말을 하려는지는 잘 알겠습니다. 외부인의 손을 빌린 것에 대해선 정말로 할 말이 많지만, 백작님이 뜻이 그렇다면 뭐 알겠습니다. 대신 그건 이 외부인들이 이 사태를 완전히 종결할 수 있는 힘이 있어야만 합니다. 그래야만 말이 되는 겁니다."

이에, 하나둘씩 운정을 쳐다보기 시작했다.

특히 얼굴을 일그러뜨렸던 절반은 의심이 가득한 눈빛으로 그를 보았다.

운정은 그들의 시선을 온몸으로 받더니, 몸을 살짝 숙였다.

그가 망연자실하고 있는 콘과 시선을 맞추더니 말했다.

"콘 경, 하나 묻고 싶은 것이 있습니다."

다들 그가 왜 갑자기 콘에게 말을 거는지 알 수 없었다.

이는 콘 또한 마찬가지여서, 그의 얼굴에는 의문이 떠올랐다.

"무, 무엇을?"

운정은 미소를 지었다.

"렉크 백작님을 암살하는 것, 그것으로 이 전쟁이 끝나게 되리라 생각하신 겁니까?"

콘은 마른침을 삼키고는 나지막하게 대답했다.

"위, 위대한 가문이 사라지면, 전쟁은 당연히 끝나지! 나, 나도 대의를 위해서 그런 거라고!"

운정은 몸을 일으키더니 창문 쪽을 바라보며 말했다.

"그렇군요. 알겠습니다."

그가 왼손을 앞으로 살짝 뻗자, 첨탑에 있는 창문이 덜컹 열려 버렸다.

차가운 바닷바람이 들어오는데, 운정은 그 바람을 정면으로 맞으면서 천천히 걸어갔다.

스페라가 물었다.

"운정! 지금 바로 가게?"

창문 앞에 선 운정은 스페라를 돌아보더니 말했다.

"잠깐 가서 전쟁을 끝내겠습니다. 돌아올 때까지 회복 마법에 전념해 주십시오."

"우, 운정? 아, 안 돼. 그쪽에서도 나름 준비를 했을 거란 말이야! 운정!"

일순간 운정의 몸이 구름으로 뒤덮이더니, 그와 함께 첨탑에서 모습을 감추었다.

『천마신교 낙양본부』19권에 계속…